어른

어른

닮고 싶은 삶
듣고 싶은 이야기

― 김선미 지음 ―

마음이 오는 사람여행

어릴 때는 부모가 되면 저절로 어른이 되는 줄 알았다. 그런데 어른들은 첫아이를 낳고 절절매는 내 모습을 보며 자식은 둘은 낳아봐야 한다며 혀를 찼다. 어느덧 둘째가 스무 살이 다 돼간다. 아이는 한창 어른 티를 내고 싶어 하는데, 엄마인 나는 아직도 어른이 되지 못한 것 같다.

지난 해 세월호와 함께 가라앉은 아이들 앞에서 이 땅의 어른이라는 이유만으로도 한없이 부끄러웠다. 나이가 들었다고 또 부모가 된다고 저절로 어른이 되는 것은 아니구나, 다시 한 번 절감했다.

5

누구나 나이를 먹지만 아무나 어른이 되는 것은 아니다. 제대로 어른 노릇하기도 힘들고 어른다운 어른을 만나기도 어려웠다. 그래서 '진짜 어른'이 되는 법을 가르쳐 줄 스승이 있다면 만나고 싶었다.

오래 전 진단방사선과 의사로 일하는 선배가 틈나는 대로 병원에서 도망쳐 나와 히말라야로 떠난다는 이야기를 듣고 부러워한 적이 있다. 그의 멀고 높은 히말라야행이 아니라 인생의 '구루(Guru)'를 찾고 싶었다는 말에 설레었기 때문이다. 물론 그는 오랜 방황에서 돌아와 보니 진짜 스승들은 흰 산 위에 있지 않았고, 자기처럼 넥타이를 맨 채 묵묵히 일상의 밑바닥에서 함께 살고 있더라고 했다. 하지만 나는 스승이 '어디에' 있느냐는 중요하지 않았다.

무엇이든 간절히 원하면 자신도 모르게 삶의 방향이 그곳으로 쏠리게 된다. 찾으니 비로소 보였다. 십여 년 전 모심과살림연구소의 동학공부모임에서 표영삼 선생님을 처음 만나면서부터 그분의 삶과 생각을 닮고 싶어 하자, 자연스레 새로운 인연들이 이어졌다. 이 책에서 만난 어른들 대부분이 그렇게 연결되었다. 생명과 평화, 밥과 공동체 그리고 대안적인 삶과 실천을 귀하게 여기는 이들이다.

지난 2008년 봄부터 계절에 한 번씩 어른들을 찾아가 말씀을 들었다. 나는 인터뷰를 핑계로 분에 넘치는 축복을 받았다. 어른들을 만나러 가니 길 위에서 다시 어린아이로 돌아가는 기분이었다. 답답한 문제들 앞에 답을 달라 조르기도 했고, 삶이 막막하다고 투정도 했다. 어른들은 다정하게 마음을 내주셨다. 신기한 것은 내가 만난 어른들 모두 어린아이처럼 해맑다는 사실이었다. 그토록 어른이 되고 싶었는데, 큰 어른들 속에는 본연의 아이가 있어서 놀랐다. 그리고 어른들 모두 입을 맞춘 듯, 우리는 하나로 연결되어 있기 때문에 서로 의지하며 함께 살 수밖에 없다고, 희망을 이야기했다.

하루하루 절망의 바닥이 낮아져 끝을 모른 채 가라앉는 것 같을 때, 그래도 우리 곁에는 기대고 싶고 닮고 싶은 어른들이 있었다. 여기 실린 열네 분 곁에도 이름을 드러내지 않는 아내와 이웃들이 있었던 것처럼, 우리 사회 곳곳에 숨은 어른들의 힘을 생각하며 비로소 안심할 수 있었다.

그런 어른들을 만나고 돌아올 때면 일상의 자잘한 번뇌가 대수롭지 않은 일로 여겨지고, 하루하루 더 나은 사람이 되고 싶었다. 정신이 고양될수록 나도 좋은 사람이 되는 양 저절로 평화가 왔다. 물론 약효는 오래가지 않았다. 늘 똑같은 잘못을 되풀이해서 주일마다 틀에 박힌 고해성사를 보던 어린 시절이 떠올랐다. 그래도 계절이 바뀌면 새로운 어른을 만나러 가는 사람여행에 설렜다. 지난 이야기들

7

을 다시 책으로 정리하면서도 비슷했다. 그래서 삼일에 한 번씩이라도 새로 작심(作心)하면서, 계속 가고 싶다.

이 책은 지난 2008년부터 2012년까지 《살림이야기》 '길을 묻다 길을 가다'에서 첫 만남과 몇몇 분들의 이후 뒷이야기들을 함께 담았다. 열네 분을 한 자리에 모셔 나이순으로 정리하고 보니, 1925년 일제강점기부터 1954년 전쟁 직후까지 격변의 한 시대에 태어난 분들의 다르면서도 같은 면모가 보였다.

정현종의 시 〈방문객〉은 "사람이 온다는 건 / 실은 어머어마한 일이다"라고 시작한다. 시인은 사람이 온다는 것은 그의 과거와 현재와 미래, 한 사람의 일생이, '마음'이 오는 일이라고 했다. 어른들을 만나기 위해 길을 떠난 것은 나였지만, 그 분들의 마음이 늘 내게로 왔다. 높은 곳에서 낮은 곳으로, 넘치는 곳에서 모자란 곳으로 흐르는 바람처럼 그렇게 왔다. 시는 이렇게 끝이 난다. "내 마음이 그런 바람을 흉내낸다면 / 필경 환대가 될 것이다."

오래 전 내가 묻고 나눈 이야기가 오늘 책을 읽는 이들에게 똑같은 답이 되지는 않을 것이다. 그럼에도 어른들이 나만을 위해 마음을 나누어 준 것이 아니기에 용기내어 펼쳐놓는다. 의도한 것은 아니었는데, 제일 큰 어른이 "이 세상 저 세상이 따로 없어요"하고 운을 떼니, 마지막으로 "길이 멀지요? 괜찮은데요 뭐."하고 다독이는 이야기 같아서 좋았다.

그 사이 몇 분의 어른이 먼저 떠나셨다. 멀리 근원으로 돌아가신 분들의 길 위에 먼저 고개 숙여 두 손을 모은다. 함께 마음을 내어준 다른 어른들께도 깊이 감사드린다.

책에 실린 사진은 대부분 류관희 씨의 마음의 눈을 통해 우리 곁에 왔다. 남영호, 노용헌, 정우철 씨의 사진도 마찬가지다. 부족한 글로 미처 전하지 못한 환한 마음까지 담아준 사진작가 모두, 함께 길을 떠나는 동안 큰 힘이 되어주었다.

끝으로 이 책이 있게 해준, 한살림에서 펴내는 잡지 《살림이야기》와 오랫동안 편집위원으로 함께했던 분들, 그리고 느려도 묵묵히 제 갈길을 가는 달팽이출판에도 인사를 올린다.

2015년 다시 또 봄을 기다리며

김선미   9

덕이 떠나지 않으면 어린아이로 되돌아간다

*

노자

차례

살아있는 동학

표영삼

이 세상 저 세상이
따로 없어요

표영삼

삼암(三庵) 표영삼(表暎三)은 1925년 평안북도 구성군에서 태어났다. 어릴 때 할아버지를 따라 동학에 입도했고 한국전쟁 중 월남한 이후 천도교청년회 활성화에 힘썼다. 6,70년대에는 노동현장에 투신해 섬유노조 교육선전부장으로 활동했다. 1977년부터 천도교에서 《신인간》 편집장, 상주선도사로 일하며 평생 동학 연구와 교육에 몸 바쳤다. 특히 동학유적지를 직접 찾아다니며 숨은 역사를 발굴해 정리한 공로가 컸다. 2004년 『동학』 1, 2를 펴내고, 마지막 3권을 마무리 하는 도중 2008년 2월 13일 세상을 떠났다. 2014년 '제4회 동학농민혁명대상'을 수상했다.

설을 앞두고 양평군 용문면에 있는 집으로 찾아갔다. 아내와 아들, 그리고 개 다섯 마리와 함께 곰산 아랫자락 점말에 살고 있는 선생을 만나기 위해서였다. 그 집은 주위에 오갈 데 없는 개들을 모두 받아주다 보니 한때는 식구가 된 유기견이 열 마리도 넘었던 적이 있었다. 마당에는 철망으로 울타리를 치고 현관문 발치에는 자유롭게 드나들 수 있는 구멍까지 내놓아 개들도 주인마냥 안팎을 자유롭게 활보한다. 사람과 집이 하나의 인격체로 느껴지는 곳이었다. 그래서 선생을 만나러 가는 것은 곧 그 집을 만나는 일과 다르지 않았다. 사람만 하늘이 아니라 온천지의 사물과 생명체계 모두를 하늘님으로 섬기라는 동학, 그 뜻대로 사는 이, 표영삼 선생의 집이었다.

영하의 날씨인데 현관문이 활짝 열려 있었다. 인기척에 놀란 개들이 쪼르르 마당으로 뛰쳐나와 대문 앞에서 왕왕 짖어댔다. 무슨 일이라도 난 게 아닌가 싶어 얼른 문을 따고 들어가 보았다. 대문이야 형식적인 것이어서 철문 사이로 밖에서도 잠금장치를 열 수 있는 집이었다. 빈집 안에는 햇살만 가득했다. 사방으로 창을 내서 하루 종일 실내에 볕이 들어 늘 따스한 기운이 돌던 집인데, 선생의 오랜 손

사진: 남영호

표영삼 선생은 조금이라도 곁에 머물고 싶고, 한 마디라도 더 이야기를 나누어보고
싶었던 이였다. 선생과 함께 있으면 동학이란 역사 속에 묻힌 전설이 아니라 여전히
우리 곁에 살아 숨 쉬는 철학임을 느낄 수 있었다. 동학의 정수는 선생의 강의나 책
보다 그의 생활과 존재 자체에 있었기 때문이다.

때가 묻은 부엌살림에서도 온기가 느껴지지 않았다.

20여 년째 아내 대신 도맡아 하던 부엌살림

"묵은 밥을 새 밥에 섞지 말고, 묵은 음식은 새로 끓여 먹도록 하라. 침을 아무 곳에나 뱉지 말며 만일 길이면 땅에 묻고 가라.… 가신 물은 아무데나 버리지 마라. 집 안을 하루 두 번씩 청결히 닦도록 하라."

1886년, 해월 최시형이 동학도들에게 내린 가르침이다. 흔히 동학 하면 농민혁명이라는 거대 담론만 떠오르기 쉬운데, 지도자가 이렇듯 자잘한 일상까지 신경을 썼다는 게 놀랍다. 진짜 혁명이란 피 흘리는 전장이 아니라 이렇듯 작고 사소한 것부터 새롭게 삶의 틀을 바꾸어나가는 것인지도 모른다. 당시 조선은 콜레라 때문에 온 나라가 죽음의 공포에 휩싸였던 때였는데, '동학을 하면 전염병도 피해간다'는 소문이 돌 정도로 해월의 지침은 효험이 컸다.

이처럼 해월은 살가운 지도자였다. 모든 사람이 하늘님으로 대접받는 세상을 꿈꾸던 그가 강조한 것은 각자의 몸가짐과 생활부터 새로워지는 삶의 개벽이었다. 그래서 자신은 온 생명의 어머니인 대지의 가슴을 송곳으로 찌르는 것 같다며 지팡이도 짚지 않았다. 또 관군에게 잡혀 가는 날까지도 새끼를 꼬아 짚신 삼는 일을 손에서 놓지 않을 정도로 바지런한 생활인이었다. 그런 해월이 있었기에, 마흔한 살에 대구 관덕당 뜰 앞에서 참형을 당한 동학 창시자 수운 최제우의 꿈이, 단지 한 사람의 꿈으로 끝나지 않은 것이다. 갑오년 희생당한 농민군이 30만 명에 이르고 그들이 염원하던 동학 세상의 꿈을 꾸었던 교인의 수는 전체 조선 인구 3분의 1에 이르렀다.

나는 표영삼 선생을 만나 교과서에서 배운 동학과는 사뭇 다른 모습의 동학을 배웠다. 2005년 모심과살림연구소가 마련한 동학공부 모임에서 선생을 처음 만났는데, 서울에서 공부를 마치는 날이면 양평에 있는 집까지 모셔다 드릴 수 있는 행운을 얻었다. 선생의 집에서 차로 40여 분을 더 달려야만 광주에 있던 우리 집에 도착할 수 있었는데, 그렇게 일부러 먼 길을 돌아가는 일을 늘 기다리게 만들었다. 조금이라도 곁에 머물고 싶고, 한 마디라도 더 이야기를 나누어 보고 싶었던 이였기 때문이다. 선생과 함께 있으면 동학이란 역사 속에 묻힌 전설이 아니라 여전히 우리 곁에 살아 숨 쉬는 철학임을 느낄 수 있었다. 동학의 정수는 선생의 강의나 책보다 그의 생활과 존재 자체에 있었기 때문이다.

표영삼 선생은 20여 년째 아내 대신 식사당번을 맡아오고 있었다. 한 번은 답사 여행길에 예정보다 귀가시간이 늦어지자 '돌아가서 저녁 차려 줄 테니 조금만 기다리세요'라고 집에 전화하는 소리를 들은 적도 있다. 그보다 일곱 살 아래인 아내에게 하는 말이었다. 아들이 고등학교 다닐 무렵, 아내는 꼭두새벽부터 추운 데서 밥을 짓는데 혼자 늦잠을 자는 게 미안해서 그때부터 부엌일을 자청했다고 한다. 담도 제대로 치지 못한 곤궁한 살림집에 부엌이 있을 때라고 했다.

부엌살림을 도맡는다는 그가 "처음에 안사람에게 '밥 먹어요'까지는 쉽게 되는데 '진지 잡수세요'라는 말은 참 어려웠어요"라고 했다. '살아있는 동학'으로 불리던 그 역시 아내를 하늘님처럼 섬기는 게 몸에 배기까지 오랜 시간 애를 써야 했다는 것이다. 하루하루 어제보다 나은 내가 되기 위해 수행하는 삶이란 그런 것이구나 싶었다.

선생의 동학 강좌나 답사 여행에 여러 차례 함께했던 나는 이런 소소한 이야기들을 듣는 것이 좋았다. 짬짬이 그의 살림이야기를 들으면 동학 공부에 대한 감동이 배가되었다. 우리밀 가루를 반죽해 효모를 넣고 부풀려 전기밥솥에 쪄서 빵을 만들어 먹는 이야기며, 다섯 가지 색깔의 채소를 고루 섭취해야 한다며 철따라 먹기 좋은 샐러드와 소스 만드는 법 등을 이야기할 때는 얼마나 입맛 당기던지.

"다른 채소는 모두 생으로 먹지만 당근은 카로틴 때문에 기름에 살짝 볶아 먹는 게 좋아요."

여든이 넘은 할아버지와 이런 대화를 나누게 되리라고는 예상 못한 일이었다.

언젠가 경주 인근으로 답사를 떠나는 차 안에서, '요즘 식사 준비를 간단히 하려고 비빔밥을 자주 하는데, 밥을 고슬고슬 윤기 있게 짓기 힘들어요.' 하고 말한 적이 있다.

"선생님, 그럼 밥물에 다시마 한 장 넣어 보세요."

나는 지나가는 말로 이렇게 말하고 잊고 있었는데, 그는 한참 뒤에 다시 만났을 때 '정말 그렇게 하니까 밥에 윤기가 돌아 좋았어요'라며 어린아이처럼 좋아했다. 밥 짓는 일 하나에도 온 정성을 다해 공부하는 자세가 몸에 밴 그였다. 하긴 밥 한 그릇의 의미를 제대로 알면 하늘님과 온 우주의 이치를 온전히 이해하는 것이라고 동학은 가르치지 않았던가.

그랬던 선생인데, 이제는 부엌살림을 하지 못하는 것 같았다. 식탁 위에는 포장이 뜯긴 우유팩이 그대로 있었다. 우유를 냉장고에 넣을 정신도 없을 정도로 급박한 일이 생긴 걸까. 주인 없는 집안 구석구석을 살피던 내게 마루 벽에 붙여 놓은 메모가 보였다. 사람 눈에 잘 띄도록 써 붙인 종이에 '사망사고 후'라고 쓴 선생의 글씨였다. 대학병원 전화번호를 적어 놓은 필체가 떨린 듯했다. 그는 오래전 아내와 의료 연구용으로 시신기증을 약속했다고 들었다.

"어제는 병원에 전화해서 죽기 전에 우리가 뭘 준비해야 하냐고 꼼꼼히 물어봤어요. 정신이 말짱할 때 알아둬야 할 것 같아서…… 그런데 고맙게도 우린 아무 신경 쓸 게 없다는군요."

두어 해 전, 그는 시신기증을 약속한 대학병원과 통화한 이야기를 무심한 듯 건넸다. 그가 젊은이들을 이끌고 동학유적지를 찾아 먼 길을 나설 만큼 건강하던 때였다. 그럼에도 언젠가는 자연스럽게 찾아올 죽음을 성실하게 준비하고 있었다. 평생 동학을 하며 살아온 사람다운 다짐이었다.

"이 세상 저 세상이 따로 없어요. 동학은 사후세계를 부정하지요. 오로지 우리가 사는 이 세상을 살기 좋게 만드는 게 동학의 꿈이에요. 육신이 죽으면 그걸로 끝인데, 마지막 가는 길에 몸뚱이라도 좋은 데 써야지요."

그때 담담하던 기다림이 이제는 절박해진 것 같았다. 선생은 최근 부쩍 '3년만 더 시간이 있었으면……' 하고 안타까워했다. 그는 젊은 시절부터 홀로 길 없는 길을 찾아서 며칠씩 산을 넘어 가며 옛사람들의 증언을 채집, 기록해 동학의 숨은 역사들을 복원해 낸 사람이다. 지금처럼 차를 타고 아무 때나 찾아갈 수 있는 그런 편한 답사 길이 아니었다.

"엄동설한에 보따리 하나로 쫓겨 다니던 대신사님의 심정을 느껴보려고 일부러 그때 날짜에 맞춰 찾아가 보곤 했어요. 그때의 고절함이란 이루 말로 표현할 수가 없어요."

그렇게 어렵게 찾은 유적지들을 요즘 사람들도 쉽게 찾아볼 수 있도록 돕고 싶은 것이 그의 남은 꿈이었다. 힘닿는 대로 다시 전국을 답사해 사진도 새로 찍고, 옛 자료들도 디지털화하고 싶다고 했다. 그래서 디지털 카메라를 새로 사고, 사진편집 프로그램인 '포토샵'을 익히기 시작한 것이 그의 나이 여든 살 때의 일이었다. 선생은 영원히 그렇게 청년 같을 줄만 알았다.

그런데 한 해 전 담즙이 막혀 소화를 잘 시킬 수 없게 되자 큰 수술을 받았다. 그 뒤로 급속히 몸이 약해졌는데도 천도교에서 열리던 동학강좌에 출강했다. 용문에서 기차를 타고 서울 인사동 수운회관까지 결코 짧지 않은 길을 매주 오간 것이다. 나중에는 기력이 쇠해 강의 시간을 줄이고 의자에 앉아서 겨우 이야기를 이어가기도 했는데 그는 그것을 몹시 미안해했다. 그래도 강의 시작과 끝에는 항상 일어서서 학생들을 향해 깍듯이 절을 했다. 그는 늘 그랬다. 초등학생인 우리 딸아이 앞에서도 언제나 허리를 굽혀 공손히 절을 했고 존댓말을 썼다.

남녀노소 구분 없이 정말 하늘님처럼 공손히 모시는 자세는 그가 가장 존경하던 소춘 김기전 선생한테 배워 익힌 것이라고 한다. 김기전은 방정환의 스승이자 어린이운동을 이끌었던 동학의 지도자였다. 표영삼 선생은 그를 가리켜 "언제나 만나고 싶고, 뭐든 가져다 드리고 싶고, 같이 있으면 계속 곁에 머무르고 싶은 분"이었다고 했다. 김기전 선생을 만나본 적 없는 나는 표영삼 선생이야말로 그런 사람이라고 느낄 뿐이다.

자기 온몸으로 나무는 나무가 된다

양지바른 뜰에 나와 무작정 주인을 기다렸다. 한 달 전만 해도 우리 부부에게 큰 절로 맞절까지 해주던 어른이 그새 다시 병원신세를 지고 있었다. 문득 그때 사모님이 내준 대봉 감이 생각났다. 방안에서 한겨울을 난 홍시가 껍질이 쪼글쪼글해져 있었는데 달디 달았다.

"서울서 올 때 워낙 아끼던 나무라 우리 살면 같이 살고 죽으면 같이 죽자는 심정으로 가지를 잘라내고 뿌리를 동여매 데리고 왔어요. 그런데 이렇게 잘 자라 이웃에 나눠줄 수 있으니 얼마나 고마운지……"

이곳 추운 산골로 이사 온 나무가 뿌리를 내리고, 튼실한 열매를 맺을 때까지 부부가 쏟은 정성이 어땠을지 생각해 보았다.

황지우의 〈겨울-나무로부터 봄-나무에게로〉라는 시에 '나무는 자기 몸으로 / 나무이다 / 자기 온몸으로 나무는 나무가 된다'는 구절이 있다. 표영삼 선생도 자기 온몸으로 동학이 된 한 그루 곧은 나무다. 가만히 둘러보니 그의 집 뜰 안 곳곳에 심어진 겨울나무들 가지 끝마다 봄눈이 오르고 있었다.

그때 갑자기 구급차의 사이렌 소리가 들렸다. 선생이 오래된 홍시처럼 쪼글쪼글 수척해진 모습으로 돌아온 것이다.

"그 책 백 페이지… 집에 가서 백 페이지를 마저 교정봐야 한다고 통 잠도 못자고… 그래서 그냥 모시고 왔어요. 인제 원 없이 하고 싶은 거 하시다 가라고."

이렇게 말하는 사모님 곁으로 일제히 개들이 달려들었다. 한 마리씩 끌어안고 얼굴을 부비고 입을 맞추며 "그래, 이쁜 내 새끼들 엄마 없어서 얼마나 힘들었어." 하는데 비로소 집도 웃고 사람도 웃는다. 구급차 침대 위에 누워, 서울에서 양평까지 통 밖을 내다보지도 못한 채 달려 왔을 선생도 겨우 웃는다.

"선생님, 집에 오시니 좋으시죠?"

"… 예. 오는 동안 한강을 건너 온 것 같아요."

그가 어렵게 한마디 했다. 나는 팔십 평생 건너온 동학이라는 거대한 물길을 두고 하는 말처럼 들렸다. 평소 원고를 쓰던 컴퓨터 책상이 있는 방에 몸을 누이자, 비로소 모든 게 제자리로 온 듯 편안해 보였다. 한동안 떨어져 있던 엄마를 만난 개들도 조용해졌다.

"선생님, 이제 걱정 마세요."

환하게 웃으며 고개를 끄덕이는 그에게 인사를 하고 집을 나섰다. 그것이 마지막 인사가 될 줄은 미처 몰랐다. 왜 그때 그런 말이 저절로 나왔는지도 모르겠다.

"인제 그만 와요. 우린 돌아가서도 아무데도 연락 안 할 거예요. 봄 되면 그때 마당에 핀 꽃이나 나눠줄 테니 놀러오고. 다행히 일어나시면 내 밥 해줄테니 같이 밥이나 먹어요."

길가까지 배웅 나온 사모님의 말이었다. 그간 여러 번 찾아와도 반갑게 인사만 할뿐 일절 선생의 손님 드나드는 일에 관여하지 않던 분이다. 요사이 어떤 젊은 부부보다도 훨씬 자유로워 보이던, 낡은 관습에 얽매이지 않는 관계였다. 그래서 이 집에 오면 늘 선생이 직접 끓여 주는 차를 마시곤 했다. 그런데 이제 사모님이 손수 밥을 해주신다고 한다. 정말 선생과 헤어질 시간이 얼마 남지 않은 모양이다.

선생이 들려주던 해월의 이야기 가운데 '천주직포설'이 있다. 1885년 동학지도자를 잡아들이려는 관군을 피해 숨어 다니던 해월이 청주에 있던 서택순의 집에 들렀을 때의 일이다. 해월이 마당에 들어서자 안방에서 베 짜는 소리가 문을 넘어 들려왔다. 그 소리를 듣고 누가 베를 짜고 있는지 제자에게 물었다. 며느리라고 대답하는 서택순에게 해월이 웃으며 되물었다. "며느리가 베를 짜는가 한울님이 베를 짜는가?" 수운 최제우가 동학의 도를 깨우치고 나서 제일 먼저 아내에게 큰 절을 했던 뜻을 해월은 이렇게 생활 속에서 세심하게 가르쳤다. 제자에게 끼니도 거르고 힘들게 베를 짜던 며느리부터 잘 모시라고 당부하던 해월의 일화를 들려주면서 선생은 어린 아이처럼 활짝 웃었다. 오래 전 해월도 꼭 그렇게 웃었을 것 같았다. 해월은 늘 아내와 아이들부터 먼저 섬기라고 했다는데 선생이 꼭 그랬다.

집으로 돌아와 부엌 창틀 앞에 말려 둔 감 씨앗을 만져 보았다. 가늘고 길쭉한 갈색 씨앗이 윤이 났다. 지난 번 사모님이 싸주신 감을 먹고 나서 씨를 차마 그대로 버릴 수가 없어 발라 둔 것이었다.

"우리는 저 아득한 처음의 씨, 우주가 처음 생기고 첫 부모님의 씨앗의 씨, 그 생명의 씨가 이어져 오늘의 내가 생긴 거예요. 그런 내가 있다는 것 자체가 감사하고 감격스런 일이죠."

선생이 강의 때마다 즐겨한 말이다.

우리는 오늘 여기에 자신의 의지와는 무관하게 '툭' 던져진 생명의 씨앗이다. 그렇지만 어떻게 싹을 틔우고 꽃을 피워 갈지는 스스로 결정할 수 있다. 그는 "생명이 가장 생명다운 것은 언제든 지금을 부정하고 새로워지는 것"이라고도 했다. 선생의 씨앗은 지금 가장 크게 자신을 부정하며 새 틀을 준비하는지도 모르겠다. 씨앗이 스스로를 극복하면 새싹이 올라온다. 그게 바로 봄이다.*

---

* 병중인 표영삼 선생과는 인터뷰를 오래할 수 없었다. 사진도 예전 건강할 때 찾아뵙고 찍었던 사진으로 대신했다.

뒷이야기

2008년 2월 이 인터뷰를 마치고 얼마 지나지 않았을 때였다. 나는 저녁밥을 짓다가 전화 한 통을 받았다. 전화기에는 선생의 이름 석 자가 떴다. 불길했다. 이내 오열하는 사모님의 목소리가 들려왔다. '마지막까지 잊지 않고 찾아와 주어서 고맙다는 말 꼭 하고 싶었어요……' 꾹꾹 울음을 삼키면서 전해져온 이야기는, 선생의 뜻대로 아무에게도 알리지 않고 장례를 잘 치렀다는 것이었다.

나는 선생이 직접 벽에 메모해 두었던 대학병원 해부학실의 전화번호가 떠올랐다. 사모님과 통화를 마치자마자 수소문 끝에 알게 된 것은 빈소를 마련하지 않았을 뿐 아직 장례가 끝나지 않았다는 사실이었다. 나는 이튿날 꼭두새벽부터 집을 나서 경기도 광주에서 벽제 화장장까지 두 시간 가까이 차를 몰고 달렸다. 그냥 사모님 말씀 그대로 믿고 가만히 있었어야 했을까, 과연 내가 잘하고 있는 걸까 걱정스러웠지만, 선생님 가시는 길에라도 곁에 있고 싶었다.

그런데 화장 절차를 순차적으로 알려주는 전광판 어디에도 '표영삼'이란 이름 석 자는 없었다. 한참을 헤맨 뒤에야 '표응삼'이란 선생의 본명을 찾을 수 있었다. 그리고 혼자 우두커니 대기실 의자에 앉아 있는 선생의 외아들을 만날 수 있었다. 나를 보고 놀라는 그에게 고개 숙여 인사를 하고 그냥 조용히 곁에 앉았다. 아들은 어머니가 너무 힘들어 하셔서 혼자 왔다고 했다.

소박한 나무함을 보자기로 감싼 선생의 유골함이 아들의 품에 안

겼다. 따뜻할 것 같았다. '어디로 가실 건가요, 제가 같이 가도 될까요.' 조심스레 물었다. '아니에요.' 그는 아버님을 모시고 일단 집으로 돌아갈 계획이라고만 했다. 나는 전날 사모님 전화를 받고는 평평 울었는데, 이상하게도 선생의 유골함 앞에서는 차분해졌다. 아버지를 꼭 닮은 아들을 보니 생전에 이 세상 저 세상이 따로 없다고 하시던 말씀이 생각나서였을까. 그의 육신이 다른 형태로 환원했을 뿐 어디로 떠난 것이 아니라 지금 여기 그대로 있는 것 같았다.

나는 다시 먼 길을 달려 집으로 돌아왔다. 그날 신문에는 '표영삼 동학혁명기념관장 별세'라는 제목으로 "고인의 유언에 따라 시신을 서울대병원에 기증했으며, 장례식도 주변에 알리지 않은 채 가족끼리 치렀다"고 이미 기사가 올라와 있었다. 하지만 실제로 시신기증을 하려던 뜻은 이루지 못했다. 고인의 질병 때문에 병원이 정한 기준에 적합하지 않다는 판정을 받았기 때문이다. 차라리 선생이 온전한 몸으로 떠날 수 있게 된 것이 고마웠다. 동학은 경인, 경천뿐 아니라 만물을 공경하라는 경물敬物의 도가 있음을 깨우쳐준 것도 선생이었다. 조용히 떠나고자 했던 유지만큼은, 바라던 그대로 되었으니 흡족하셨으리라 믿는다.

영원한 교장선생님

장화순

사랑은
전부 안는 거야,
그래야 진짜
사랑이지

장화순

1931년 원주에서 태어났다. 서울대학교 지질학과에서 수학 중 한국전쟁이 일어나자 입대해 병기학교 교관으로, 제대 후에는 형 무위당 장일순이 세운 원주 대성학교 교사로 학생을 가르치기 시작했다. 대성고등학교 교감을 거쳐, 1967년 지학순 주교가 세운 진광중학교 초대 교장을 맡아 학교의 기틀을 다졌으며, 1973년 진광고등학교 개교 이후 1997년까지 교장으로 일했다. 진광신용협동조합을 세우고 학교 부설기관으로 협동교육연구소를 만들어 협동조합의 모범을 세웠다. 1972년부터 1980년까지 천주교정의평화위원회 부회장을 지내며 천주교사회정의 운동에도 힘썼다. 1984년 한국일보사 한국교육대상, 1997년 동백장 등을 수상했다.

둘째 아이 중학교 졸업식장에서 깜짝 놀란 일이 있었다. 학교 운동장에 경찰차가 진을 치고 어깨띠를 두른 이들이 손님을 맞고 있어 무슨 사고가 난 줄 알았다. 학생들은 아침 일찍부터 강당에 얌전히 모여 있는데 밖에서 학교폭력예방 문구를 완장처럼 두르고 있는 어른들 모습이 오히려 폭력적으로 보였다. 그 옆에는 총선 출마를 준비하는 국회위원 예비후보들이 부지런히 명함을 돌리고 있었다. 졸업식은 꽤 오래 걸렸는데, 외부인사들의 축사가 많았기 때문이다. 자기 인사만 하고서 수행원들을 데리고 식장을 나가버리는 국회의원 다음으로 단상에 올라간 구청장이 "여러분 제가 재미있는 이야기 하나 해드릴까요?" 하고 물으니 누군가 "아니요!"라고 외쳐 웃음이 터져 나왔다. 지루하기는 어른들도 마찬가지였지만 누구도 아이처럼 말하지는 못했다. 겸연쩍은 얼굴의 구청장은 그 아이를 위해서라도 꼭 이야기를 들려주고 싶다며 일장 연설을 시작했다. 어떤 이야기였는지 하나도 기억나질 않는 걸 보니 별 재미가 없었던 것 같다. 졸업식은 어른들의 기우와 달리 너무도 얌전하게 끝났다. 소녀들은 지루한 졸업식을 잘 견디고 나서 참새 떼 마냥 재잘거리며 친구들과 삼삼오

오 모여 사진을 찍었다. 그 발랄하고 예쁜 아이들의 웃음이 서글퍼 보인 것은 왜일까. '왕따' 문제로 자살하는 아이들이 급격하게 늘어나자 국가가 어린 학생들을 상대로 '범죄와의 전쟁'을 치르려는 듯 달려들던 때였다.

그렇게 울적한 겨울을 보내느라 봄은 유난히 더디게 오는 것 같았다. 봄은 꼭 남쪽에서 오는 것일까. 서울에서 길을 떠나며 문득 든 생각이었다. 원주 봉산동에서 한평생 붙박이로 살고 있는 장화순 선생을 만나러 가는 길이었다. 북한산 바위들은 눈을 말끔히 씻어 버렸는데, 원주 치악산의 눈은 히말라야 만년설마냥 흰 정수리 위에서 아직 빛나고 있었다. 원주는 서울에서 남동쪽에 있다. 하지만 1천282미터의 치악산은 836.5미터의 북한산보다 높다. 뿐만 아니라 내륙 깊숙이 자리 잡고 있어 따스한 바닷바람이 다다르지 못하는 추운 땅이다. 이렇게 기후는 복합적인 영향을 받는다. 오늘 우리 아이들과 학교 현장에서 이상기류들이 생겨나는 이유도 마찬가지일 것이다.

일전에 원주에서 '맹물회'라는 모임 사람들을 만났는데, '그냥 한 달에 한 번씩 교장선생님께 맛난 것 사드리고 싶어 모인' 제자들이라고 한 소리가 기억에 남았다. 늘 만나고 싶고 맛난 게 있으면 먼저 가져다 드리고 싶은 '교장선생님'은 어떤 사람일까.

무위당이라는 커다란 상징체계

치악산 서쪽자락 봉산동은 신령한 기운이 모이는 곳인지 당집에서 내건 대나무 깃대가 십자가보다도 많은 동네다. 그 깃대들 사이에 뿌리내린 장화순 선생은 천주교 원주교구가 세운 진광고등학교 초대 교장으로, 서른일곱 살이던 1973년부터 1997년 정년퇴임 때까지 이십오 년도 넘게 이 학교 교장을 맡았다. 이전까지는 원주 대성고등학교의 교감이었고, 대성고등학교 전신인 성육고등공민학교 시절부터 학생들에게 수학과 과학 과목을 가르치며 한 평생을 교사로 살았다. 대학에서 지질학을 공부하던 장화순은 전쟁이 나자, 군에서 병기부대 교관으로 사병들을 가르쳤고, 제대 후에는 학업을 이으면서 절반은 고향에서 자신보다 서너 살 어린 고등공민학교 학생들을 가르치는 일로 이십대를 보냈다. 그때부터 줄곧 스스로 배우면서 가르치는 일이 평생의 업이 된 사람이다.

"요즘 사람들이 내 얘기 싫어할 거예요. 다 내 자랑으로 들릴 테니까."

그는 남쪽 창가에서 쏟아지는 햇살을 등지고 흔들의자에 앉아 이렇게 말문을 열었다. 햇살이 거실 깊숙이 들어오는 양지바른 집이다. 길 건너편에 있는 아버지와 형제들이 손수 지은 토담집에서 결혼할 때까지 살았고, 부모님과 형 내외와 한집 살림을 하다 아이들이 태어나면서부터 이곳으로 분가했다. 원래 본가와 한 마당을 썼는데 지금은 두 집 사이를 가로 질러 길이 나 있다. 길 이름이 '무위당로'다.

그렇다. 장화순 선생은 무위당 장일순의 세 살 아래 동생이다. 내가 그이를 처음 뵌 것도 무위당의 어린 시절과 가족사를 취재하기 위해 선생의 건너편 본가를 드나들면서였다. 일찍이 생전의 무위당을 만난 일이 없는 내게 교장선생님은 형과 함께 붓글씨를 배우고, 봉천에서 물고기를 잡아다 어탕을 끓여 먹던 아득한 추억 그리고 서울에서 전차를 타고 다니며 공부하던 학창시절과 전쟁이 나자 형과 함께 원주까지 피난 내려오던 이야기들을 생생하게 들려주었다.

교장선생님은 꼼꼼하고 기억력이 뛰어났다. 미학을 전공하던 예술가 형과 달리 수학을 좋아하고 지질학을 전공한 동생의 기질적 차이가 있는 모양이었다. 예를 들면 물고기가 불쌍해서 어쩔 줄 모르는 형과 달리 "고기는 내가 잡아올 테니 형님은 들어가 공부나 하세요" 하던 활달한 아이였다. 형과 똑같이 새로 빤 옷을 입혀 내보내도 돌아올 때는 혼자 새까매져 돌아와 어머니 일감을 더해주던 개구쟁이. 그래도 자기가 개울에 나간 날은 온 가족이 어탕을 배불리 먹을 수 있어서 특히 할머니께 사랑을 많이 받았다고 했다. 내게는 생전에 뵌 적 없는 무위당 선생이 너무도 완벽한 인격체로 여겨져 현실감이 없는데, 어린아이처럼 맑은 교장선생님은 참 편안했다. 하지만 그는 무위당의 동생이라서가 아니라, 그냥 영원한 '교장선생님'으로 원주 사람들의 사랑을 받고 있었다.

그가 교사생활을 시작한 성육고등공민학교와 대성학교는 모두 형인 무위당이 집안의 사재를 보태 세운 학교였다. 무위당은 5·16쿠데타 직후 평화통일을 주장한 죄로 옥살이를 했고, 감옥에서 나온 뒤에는 재단 이사장 자리마저 빼앗기고 정치활동 정화법과 사회안전법 등에 손발이 꽁꽁 묶인 채로 평생을 보냈다. 지금 집 근처에 있는 파출소가 당시 장일순을 감시하기 위해 일부러 생겼다는 이야기가 나올 정도였다. 선생은 그런 형을 늘 곁에서 지켜야겠다는 생각 때문에 바로 옆집에 터를 잡았고, 지금까지 쭉 홀로 남은 형수와 이웃하며 살고 있다. 한동안 집안의 파수꾼이자 가계를 책임지는 일까지 그의 몫이었다. 전쟁 중에 장교 시험을 치러 자원입대한 것도 집안에 먹고 살 길이 없었기 때문이라고 했다.

나는 어린이를 위한 장일순 이야기를 책으로 쓰는 동안, 무위당은 장일순이라는 한 사람의 개인이 아니라는 생각을 했었다. 무위당을 살아 있게 하고 그를 믿고 따르며 그의 생각을 실천에 옮기고 있는 수많은 제자와 후배들. 그들 모두가 보이지도 않고 만져지지 않지만, 분명 실재하는 무엇으로 '무위당'이라는 커다란 상을 만들고 있는 것 같았다. 그 중심에 오롯이 장화순 교장이 있었다. 예수나 부처가 단지 한 사람의 생물학적 인격이 아니라 그 뜻을 이해하고 실천하는 수많은 이들의 상징체계가 된 것처럼 말이다.

하늘과 땅과 일하는 만민과 부모에게 감사하자

선생은 아침나절 아내의 병문안을 다녀온 길이라고 했다. 얼마 전 골목길 빙판에서 미끄러져 병원신세를 진 지 꼬박 일주일째라고 했다. 아내와 이렇게 오래 떨어져 지내본 적이 없다는 그는 아침저녁으로 문안 인사차 병원으로 마실을 다닌다고 했다. 집 안 가득 햇살이 환히 비추는 데도 적막하다싶은 것이 아내의 빈자리 때문이었다.

하지만 학교 이야기를 시작하면서 이내 얼굴에 화색이 돌았다. 달

그는 '선생은 학생과 학부모가 밥을 먹여주는 사람
이기 때문에 그들을 모시고 받드는 게 마땅하다'고
도 했다.

래 '교장선생님'이 아닌 것 같았다. 보통 교장이 자기 자랑을 시작하면 학생들은 하품부터 나오겠지만 그는 좀 달랐다. 자랑이라고 처음 꺼낸 이야기가 아침마다 교장실로 가기 전에 학교 주위에 쓰레기 줍는 일과였다.

"지금도 정말 신기하게 여겨지는 게 아침마다 쓰레기 담을 비닐봉지 하나가 꼭 내 앞에 나타나더란 말이에요. 하늘이 시켜서 그런 것처럼 말이야" 하면서 그는 아이처럼 웃었다. 이 말을 들으면서, 순간 이렇게 깔끔한 교장 밑에서 교사나 학생들이 피곤하지 않았을까 싶었다. 그런데 내 생각을 읽었는지 그는 이런 말을 덧붙였다.

"내가 인위적으로 남에게 보이려고 하는 일은 못하게 해요. 여름에는 교실 천장이나 복도에 거미줄이 있잖아. 난 그것도 못 치우게 했어요."

그가 정년퇴임 10년 전쯤, 야간자율학습을 시작했을 즈음 이야기를 들려주었다. 한번은 장학사가 와서 학교 구석구석 거미줄이 많은 것을 보고는 왜 아이들한테 청소를 시키지 않느냐고 물었다.

"우리 솔직해집시다. 야간자율학습이라고 도교육위원회에선 교장에게 다 맡긴다고는 하지만 사실은 강제로 붙잡아 공부시켜 대학 진학률 높이라는 거잖아요. 근데 교장이 와서 밤에 모기를 잡아줄 건가, 선생들이 일일이 잡아줄 거도 아니잖아요. 거미가 모기를 잡아먹는데 그걸 왜 치워요."

평소 장 교장의 됨됨이를 잘 알고 있던 장학사는 그 말에 고개를 끄덕일 수밖에 없었다. 장학사가 학교를 방문할 때마다 교실 바닥에 얼굴이 비치도록 윤이 나게 왁스 걸레질을 하고, 창문 구석구석 먼지 하나 없이 닦아내느라 단축수업까지 하던 학창시절이 떠올랐다.

"거미도 좋고 우리도 좋잖아요. 모기한테는 좀 미안하지만……"

천진난만하게 웃으면서 선생은 세상에 화내고 살 일이 없다고까지 말했다.

"학교에 늦게 오는 애가 있으면 나는 '어디 아프냐'고 묻지, 왜 늦었냐고는 하지 않았어요. 출석률 좋은 학급을 표창하는 것도 못하게 했으니까. 그래도 한 달 통계를 내보면 결석이나 조퇴가 거의 없는 반이 있어요. 그러면 내가 선생님들한테 묻지. 이 반 애들은 건강이 좋은가 봐요 하고."

당시에는 한 반 학생이 60명이나 되는데, 지각도 있고, 결석도 있고 조퇴하는 학생이 생겨야 정상이라는 것이다. 그는 오히려 아픈 학생에게 조퇴를 못하게 하고 참으라고 하는 선생들을 나무라는 쪽이었다. 수업에 빠지면 손해라는 것을 스스로가 가장 잘 알 텐데 알아서 하도록 해야지 간섭할 일이 아니라는 것이다. 이렇듯 어떤 규칙에도 반드시 예외를 인정하고 양해해줄 수 있는 여지가 있어야 한다는 게 그이의 생각이었다.

나는 딸아이 졸업식장에 경찰이 출동한 일을 화제에 올렸다.

"학교에는 당연히 문제가 많을 수밖에 없어요. 학생들이 그렇게 많은데 문제 학생이 없으면 오히려 이상하지."

그는 오히려 문제 자체보다 그것을 해결하는 방식이 문제를 키운다고 했다.

"이 세상은 말이지, 모든 것이 법대로만 살 수가 없다고. 법을 어기는 학생들이 있을 수도 있어요. 그럼 사고가 났을 때 원인이 뭔가를 알아내 잘 이해하고 지도해야 되는 거지. 무조건 죽일 놈으로 몰아 처벌하는 건 잘못이야."

어느 순간부터 문제 학생을 품고 가르치려는 노력보다는 처벌과 보복에 급급한 세상이 되었다. 그는 설령 학교에 문제가 생겨 신문에서 법석을 떨어도 개의치 않는다고 했다. 오히려 "기자들도 밥 벌어 먹고 살려고 기삿거리가 필요한 사람들"이라고 이해했다. 연일 학교폭력과 따돌림, 학생들의 자살이 신문 지면을 어지럽힐 때였다. 학교가 앓고 있는 것은 분명하다. 하지만 그의 이야기를 듣고 보니 세상이 병들었는데 학교만 정상이라면 그것도 이상한 일 같았다. 그는 이런 자극적인 기사에 호들갑을 떨기보다 단 한 명의 아이들이라도 보듬어 안는데 정성을 쏟아야 한다고 했다. 그가 교장 재임기간 중에, 학생들 생활기록부에는 좋은 말만 쓰라고 교사들을 독려했다는 것도 같은 이유였다.

"게으르지만 정직하다 이런 식으로 좋게 써주라고 했어요. 아이를 지도하는데 꼭 필요한 기록은 남들 안 보게 학교 안에만 남겨두면 되잖아요."

이렇게 자애로운 이라도 교장 노릇이 늘 순탄하지만은 않았을 것이다. 특히 유신정권 아래 교육자로서의 소신을 지키는 일은 어떠했을까. 한 번은 장학사가 와서 유신체제를 찬양하는 교육 실적이 전무한 기록들을 뒤져보더니 "선생님 해도 너무 하십니다. 그래도 학교를 이끄시는 분이 정부나 문교부 교육방침을 따르는 척이라도 하셔야 하지 않습니까." 이렇게 하소연한 적이 있다고 했다. 그는 후배 격인 장학사를 이렇게 달랬다.

"그게 사람으로 할 도리는 아니야. 그렇게 알아. 자네가 지금은 장학사지만 이 시대가 지나가면 내가 왜 그랬던가 생각하게 될지도 몰라. 내가 미리 자네한테 그런 부담을 안 주는 거야."

나중에 유신체제가 무너지자 그 장학사는 장 교장을 만나면 슬그머니 눈길을 피하더라고 했다. 그는 오히려 먼저 찾아가 다독였다.

"다 잊어. 그동안 고생 많았어. 옛날 일은 다 지나간 거야. 마음에 둘 필요 없어."

상부지시만 따르다보면 자기가 하는 일이 옳은지 그른지도 판단하지 못한 채 결과적으로 나쁜 일을 부역하게 되는 경우를 우리는 가까운 역사에서 무수히 보아왔다. 그는 비록 상부의 지침을 그대로 따르지는 않았지만 아이들 앞에서 유신체제를 욕하지는 않았다고 한다.

"유신체제 때문에 밥 먹고 사는 애들이 많잖아. 걔들이 제 아버지를 어떻게 생각하겠어. 그냥 정직해라, 성실하게 살아야 한다. 그러면 되는 거야."

학생들이 학교에 와서 부모의 잘못 때문에 고민하지 않도록 보듬고 가야 하는 것도 선생의 도리라는 뜻이었다. 선생은 학생과 학부모가 밥을 먹여주는 사람이기 때문에 그들을 모시고 받드는 게 마땅하다고도 했다. 밥집을 하는 후배에게 '자네 집에 밥 자시러 오는 사

람이 자네한테는 하느님이여' 했다는 무위당 장일순의 일화가 생각
났다.

"내가 한번은 지학순 주교님한테 엉뚱한 이야기를 한 적이 있어요."

갑자기 그가 재미난 이야기가 생각났다며 말문을 열었다. 그리고
는 혼자 한동안 웃음을 멈추지 못했다. 그는 학생이 원하지 않는 학
과에 담임교사들이 대학간판만 보고 지원하게 하는 일을 절대 용납
하지 않았다. 하지만 교장선생님이 내세우는 원칙이 교사들의 경쟁
심을 완전히 누를 수는 없었다. 그래서 이사장인 지학순 주교에게
건의했다고 한다.

"학교가 전부 우수한 학생만 떠받드는데 주교님이 하시는 학교만
큼은 입학시험을 치러서 위에서부터 뽑지 말고 밑에서 성적이 낮은
애부터 뽑는 학교를 만드시면 어떻겠어요."

당시 고교입시 부활을 공약으로 내건 교육감이 당선돼 원주 시내
고교평준화가 해제되었을 때 일이다. 학교 운영은 교장한테 맡겼으
니 교장 마음대로 하라는 것이 지 주교의 답이었다. 무위당이 설립
하고 이사장으로 있던 대성학교에서 교감으로 있던 그를 천주교회
에서 세우는 새 학교로 부른 이가 바로 지학순 주교였다.

그는 안정된 곳에서 개척자의 심정으로 자리를 옮겨야 했을 텐데
고민은 없었을까. "주교님이 부르시는데 당연히 가야지." 하는 것이
그의 대답이었다. '사람을 낚는 어부가 되라'고 베드로를 부른 예수
가 생각났다. 선생의 세례명을 물으니 그 역시 베드로라고 했다.

"매주 열리는 직원회의에서 한 달 동안 그 문제 가지고 토론을 했

어요. 계속 갑론을박하다 보니 선생들이 안 거야. 우리가 너무 일류 대학만 고집하니 교장이 어깃장을 놓는다는 걸."

결국 교사들은 교장에게 통사정을 하기에 이르렀다. 앞으로 성적 만 좇는 교육은 지양할 테니 학생선발은 지금처럼 하자고. 대신 사회에서 설움을 받는 아이들을 학교가 품어 함께 가르치자고. 그 뒤로 그의 학교에서 만큼은 학생들의 적성이나 지향과 무관하게 무조건 일류대학에만 보내려는 시도는 멈추었다고 한다.

진광학원은 가톨릭교회에서 세운 학교이면서도 종교수업은 하지 않았고, 오히려 학생과 학부모의 자립을 위한 신용협동조합 교육을 중요하게 실시했던 곳이다. 우리나라 협동조합 운동의 싹이 진광에서부터 움터 오른 배경에도 장 교장이 있었다.

"맡은 아이들을 더 향상시킬 수 있도록 노력해야지. 조를 가지고 쌀이라 우기지 말고, 우리가 받은 아이들을 지극한 사랑으로 기르자는 거야."

'참을 찾자, 옳게 살자, 사랑하자'가 진광고등학교의 교훈이었다.

"결국 사랑 안에 모든 게 다 들어 있거든. 사랑은 전부 안는 거야. 그래야 진짜 사랑이지. 사랑하는 자식에게 독약을 먹일 수는 없잖아."

교장 선생님 입에서 나온 사랑. 이 지극히 당연한 말이 왜 이리 낯설게 들렸을까. 학생을 진심으로 사랑하는 선생님, 교사를 부모처럼 극진히 모시고 섬기는 학부모와 학생. 떠올려보면 그런 시절이 있었다. 그리 멀지 않은 과거에 말이다. 이런 생각을 하다 보니 어쩐지 서글픈 생각이 들었다. 문득 이런 선생에게 가장 존경하는 '선생님'은

사진: 류관희

'수칙십계守則十戒'라는 글은 무위당이 동생에게 준 유일한 작품
으로 암 투병 중에 썼다. 천주의 십계명을 지키고 살라는 유언인 셈
이다. 형이 말하는 천주는 무엇인가. 옆에 나란히 걸린 한글 서예
속에 이런 답이 있었다.

"조석으로 끼마다 상머리에 앉아 한울님의 큰 은혜에 감사하자 하
늘과 땅과 일하는 만민과 부모에게 감사하자 이 모두가 살아가는
한 틀이요 한 뿌리요 한 몸이요 한울이니라."

어떤 분일까 궁금했다. 그는 질문이 떨어지자마자 바로 대답했다.

"가깝게는 형님이지." 그리고는 "할아버지 존경하고 아버지를 존경하고 할머니 어머니를 존경하지. 먼데서 찾을 거 없어." 했다.

어느덧 해거름이 다되었다. 집 안에 들어섰을 때 창문 맞은 편 벽에 걸린 액자를 환히 비추고 있던 햇살이 미끄러지듯 벽을 타고 내려와 거실 바닥 위로 뒷걸음질치고 있었다. 벽에는 조한알과 무위당, 각기 다른 호를 쓴 한글과 한자 서예작품 두 개가 걸려있었다. 생전에 난을 치고 글을 써서 주위 사람들에게 무료로 나누어주던 '형님'의 작품이다. 그 중 '수칙십계守則十戒'라는 글은 무위당이 동생에게 준 유일한 작품으로 암 투병 중에 썼다. 천주의 십계명을 지키고 살라는 유언인 셈이다. 형이 말하는 천주는 무엇인가. 옆에 나란히 걸린 한글 서예 속에 이런 답이 있었다.

"조석으로 끼마다 상머리에 앉아 한울님의 큰 은혜에 감사하자 하늘과 땅과 일하는 만민과 부모에게 감사하자 이 모두가 살아가는 한 틀이요 한 뿌리요 한 몸이요 한울이니라."

이 액자는 교장 선생의 아들이 큰아버지가 돌아가신 뒤에 "아버지, 제가 글이 너무 좋아서 사가지고 왔어요." 하며 집에 들인 것이라고 했다.

해가 거의 저물었다. 아무조건 없이 우리를 비추던 무한한 사랑, 문득 봄은 태양이 우리를 돌보는 다른 모습이란 생각이 들었다. 돌봄. 자리에서 일어서며 선생에게 봄이 되면 무엇을 하고 싶은지 물었다.

"그저 텃밭에 씨 뿌리는 거 보고, 만나자는 사람이 있으면 만나면 되지. 뭘 특별히 하고 싶은 게 없어요."

무위당은 '하는 일 없이 안 하는 일 없는' 어른이라고들 했다. 선생도 그렇게 무위의 길을 따르는 모양이다.

아내가 손뜨개로 짠 '세상에 단 하나뿐'이라는 털모자를 쓰고 다시 병원으로 가려는 선생과 함께 집을 나섰다. 등 뒤로 우리를 돌보던 해가 뉘엿뉘엿 저물고, 그의 집 너른 마당으로 이내가 몰려왔다.

서울로 돌아오는 길, 그가 충주에 있는 처가에 선을 보러 가서 했다던 말이 떠올랐다. 원주에서 충주까지 가려면 강에 다리가 없어 버스를 배에 싣고 도강을 하던 시절의 일이다. 그는 혼인이 성사될지 걱정하며 신랑감에게 의사를 묻는 장인에게 이렇게 말했다고 한다.

"어찌 사람이 사람을 고르겠습니까."

더불어 사는 평민

홍순명

어려울수록
서로에게 희망이
되어야 한다

홍순명

1936년 강원도 횡성에서 태어났다. 한국전쟁으로 원주농업중학교를 중퇴하고, 독학으로 교사자격시험에 합격해 당평초등학교와 춘천농고에서 잠시 교편을 잡았다. 1960년부터 홍성에 둥지를 틀고서 줄곧 풀무학교의 역사와 함께했다. 2002년 풀무농업기술고등학교 교장으로 정년퇴임 후에는 풀무학교 환경농업전공부에서 학생들을 가르치고 있으며, 2011년 지역에 문을 연 홍동밝맑도서관 대표를 맡고 있다. 『홍순명 선생님이 들려주는 풀무학교 이야기』 『들풀들이 들려주는 위대한 백성이야기』 등의 책을 썼고, 『농부의 길』 『백성백작』 『오리농법』 『논, 생물 다양성을 살리는 유기벼농사 짓기』 등을 번역해 소개했다.

홍성으로 떠나던 날 겨울비가 내렸다. 비는 서울에서 자동차로 두어 시간 거리의 홍성 가는 길을 두 배 가까이 더디게 만들었다. 덕분에 차창 밖으로 흠씬 비에 젖은 산과 들판을 오래도록 바라볼 수 있었다. 홍성은 『택리지擇里志』에서 충청도에서는 가장 좋은 곳이라고 한 내포內浦 땅의 중심에 있다. 갈무리가 끝난 내포 땅 빈 들판을 자동차가 가로지르는 동안, 나는 우리 땅 배낭여행자의 대부 이중환이 팔도를 유랑하며 살만한 곳을 가려낸 '택리擇里'의 속뜻을 다시 생각했다.

충남 홍성은 강원도 횡성이 고향인 청년이 스물 셋의 나이에 살고자 '택한' 마을이었다. 홍순명 선생은 그 땅에서 마흔 여덟 번째 겨울을 맞고 있었다. 그가 홍성을 선택한 이유는 『택리지』에서 꼽은 지리, 생리, 인심, 산수 같은 기준과는 상관이 없었다. 그는 오로지 풀무학교 하나만 보고 홍성으로 달려간 사람이다.

풀무학교는 우리나라에서 가장 오래된 대안학교다. 홍순명 선생은 그곳에서 46년간 학교와 함께 살아왔고, 지난 2006년 풀무농업기술고등학교 교장 자리에서 정년을 마쳤다. 지금은 다시 풀무학교 환

순
명

51

경농업전공부(이하 풀무학교 전공부라고 줄임)의 교사로 '생명을 사랑하는 백성들의 교양국어'와 종교 과목을 가르치고 있다. 전공부는 '더불어 사는 평민'을 기른다는 풀무고등학교의 정신을 이은 대안대학으로, 이 땅의 가장 위대한 평민인 유기농 농부들을 길러내는 곳이다.

마침 우리가 찾아간 날 전공부 학생들이 김장을 담그고 있었다. 농사가 곧 세상의 모든 공부이고, 공부 또한 싹을 틔우고 꽃을 피워 열매를 맺어내는 자연의 일과처럼 행하는 농부가 되고자 모인 사람들, 그들이 내년 여름까지 넉넉하게 먹을 양식을 준비하는 날이다. 그들의 숨소리와 발자국 소리를 듣고 자라났을 배추 500포기로 만든 김장독을 묻고 나면, 이 '학생농부'들 역시 방학에 들어간다. 농사일이 한창인 여름에는 방학이 없으니 더욱 달고 값진 충전의 시간일 것이다.

풀무학교는 희망의 준거가 되었다

전공부의 교사校舍가 있는 언덕 아래로 학생들의 진짜 학교라 할 실한 논밭들이 그림처럼 펼쳐져 있었다. 1급수에만 있는 말굽조개가 산다는 전공부의 실습 논을 정원처럼 품은 자리에 참한 나무집 한 채가 학교를 바라보고 서 있었다. 홍순명 선생이 올 봄 새로 둥지를 튼 보금자리다.

"예전에는 서울서 철거가옥 자재를 가져다 지은 집에 살았는데, 동네 사람들이 보기가 딱했는지 이번에 새로 지어주었어요."

일흔을 넘긴 어르신이라고는 믿어지질 않을 만큼 자세가 반듯한 선생이 집 소개로 먼저 인사를 했다. 그가 말하는 동네 사람들이란 모두 풀무학교 그늘에서 자라고, 함께 일해 온 이웃들이다. 평생을 풀무학교에 뿌리내리고 산 홍순명이란 큰 나무가 품은 그늘을 짐작해 보았다.

나뭇가지로 '홍순명·이승진'이라고 아내와 나란히 이름을 써 붙인 문패부터 정겨운 집이었다. 집 안에는 거실 벽을 가득 메운 책장에서 이층으로 올라가는 계단 벽 그리고 다락방 서가에 빼곡히 꽂힌 책들 때문에 여느 도서관 못지않았다. 이 오래된 책들이 그가 풀무학교에서 배우고 가르치고자 한 모든 것을 길러낸 자궁 같은 곳일 터. 해묵은 책 냄새가 그이의 얼굴처럼 마음을 푸근하게 했다.

"우리 부부가 세상을 뜨고 나면 이 집 그대로 마을의 역사가 될 거예요. 손때 묻은 책이랑 물건들 보고 '옛날 풀무학교 선생은 이렇게 살았단다.' 하고 이야깃거리가 되겠죠."

서가가 있는 다락 한쪽 구석에는 그가 '조종실'이라 부르는 골방도 있었다. 책상 앞으로 난 유리창으로 풀무학교 전공부와 갓골 마을이 훤히 내다보여 진짜 비행기 조종석에 앉는 기분이었다. 최근에 딸아이에게 선물 받은 망원경까지 있어서, 조종실에서 학교로 가는 학생들 얼굴 표정까지 읽을 수 있다며 어린아이처럼 천진한 미소를 지었다.

"중학교 때 형님의 책장에서 보았던 책들이 인연의 시작이었어요."

홍순명은 강원도 횡성에서 농사를 지으며 대대로 서당 훈장을 하던 집안의 둘째 아들이었다. 그 시절 어린 순명의 가슴을 뒤흔든 책

은 우치무라 간조, 김교신, 함석헌 같은 무교회주의無敎會主義 사상이
었다. '진정한 기독교는 교회나 교리 없이도 가능하다'는 믿음, 소년
은 책을 통해 만난 선생님들과 편지를 주고받으며 깊이 사귀었다.
그리고 마침내 자신의 길을 찾아 뚜벅뚜벅 유년의 집에서 걸어 나와
홍성에 깃들었다.

"아마 그때 인터넷이 있었으면 나도 그런 책 안 보았을 거예요."

옛날 계몽소설 속에 나올 법한 스승들과의 편지 교류에 대해 놀라
자, 그는 빙긋 웃으며 이렇게 말했다.

그는 전쟁으로 원주농업중학교를 중퇴하고, 독학으로 교사자격시
험에 합격해 당평초등학교와 춘천농고에서 잠깐 교편을 잡다 입대
했다. 그 뒤로는 평생을 풀무학교에서 함께했다. 군에 있던 1958년,
함석헌의 제자인 주옥로, 이찬갑 선생이 '그리스도인, 농촌의 수호
자, 세계의 시민'을 기르는 풀무학교를 세운다는 이야기를 읽고는,
제대와 함께 홍성으로 달려온 것이다.

사실 그는 병약한 형님 때문에 가족의 생계를 책임져야 할 맏이 같
은 차남이었다. 그런 아들이 나라에서 월급 주는 교사자리 마다하고,
일 년 동안 겨우 겉보리 한 가마 벼 한 가마 주는 게 전부인, 학교 아
닌 학교의 선생 노릇을 하겠다고 집을 떠난 것이다.

"제가 제대하고 10월에 여기 왔어요. 그해 겨울 아버님이 저를 만
류하려고 강원도에서 길을 떠나셨는데 큰 눈이 와서 도중에 그냥 되
돌아가셨대요. 본인이 하고자 하는 일이니 꺾지 말아야겠다고 생각
하셨대요. 어려움을 겪으시면서도 늘 제가 하는 일을 좋은 뜻으로

사진: 류관희

서가가 있는 다락 한쪽 구석에는 그가 '조종실'이라 부르는 골방도 있었다. 책상 앞으로 난 유리창
으로 풀무학교 전공부와 갓골 마을이 훤히 내다보여 진짜 비행기 조종석에 앉는 기분이었다. 최근
에 딸아이에게 선물 받은 망원경까지 있어서, 조종실에서 학교로 가는 학생들 얼굴 표정까지 읽을
수 있다며 어린아이처럼 천진한 미소를 지었다.

받아주셨어요."

그는 그렇게 풀무학교에 와서 아내를 만나고 6남매를 낳아, 자식들 모두를 풀무학교에서 길러냈다.

"우리 아이들은 부모 말에 따라 다 풀무학교에 갔다는 것만으로도 효자 소리 들었지요."

풀무학교가 개인의 입신양명을 위한 길을 터주는 학교가 아니다 보니, 셋째 아이 때는 "우리 애가 전체 입학생의 4분의 1이다"고 자랑 아닌 자랑을 해야 했다고 웃는다(그런데 지금은 사정이 달라져 그의 외손자도 입학전형에서 떨어졌을 만큼 학교 인기가 높아졌다).

그렇게 작은 학교에서 교육밖에 모르는 교장 선생님의 아이들로 자란 6남매의 남다른 고충도 짐작이 갔다. 모르긴 해도 남의 자식과 선생의 자식을 고르게 품으려다 보니, 오히려 자식들이 어려움을 겪는 역차별도 있었을 것이다.

"아이들 기를 때 어려움은 없으셨어요?"

홍성으로 출발하기 전 이른 아침부터 사춘기의 딸아이와 한바탕 실랑이를 벌이고 나온 나는 선생에게 부모의 마음으로 물었다.

"끝까지 믿어줘야 해요. 아이들이 자기를 찾으려고 방황하는 것은 자연스런 일이거든요. 아닌 것 같아도 아이들은 다 부모를 보고 있어요. 아이들은 어른들 뒷모습을 보고 큰다 하잖아요."

그 역시 자신의 아버지가 하신 그대로 "부모가 대단히 좋은 모습은 못 보이더라도 어디를 바라보고 살아가는지, 노력하는 모습만은 잃지 않으려 했다"고 한다. 그래도 선생의 자식들이 아직 한 명도 농부가 되지 못한 것을 아쉬워했다.

"주형로 씨는 자식 농사도 잘 지어서 다들 농사짓고 사는데 나는 잘 못했어요."

그것은 풀무학교 졸업생이자 우리나라에 최초로 오리농법을 도입한 제자인 주형로(홍성군 문당리 환경농업마을 지도자) 씨를 칭찬하는 말이었다(홍 선생의 자식들 대부분은 부모에게 배운 대로 아이들을 가르치는 교사, 즉 사람농사 짓는 일을 하고 있다).

선생의 이야기에 귀 기울이다 보니 어느새 비가 긋고, 서쪽으로 난 거실 유리창으로 저무는 햇살이 슬그머니 기어들어왔다 사라지곤 했다. 맑은 날 찾아왔더라면 창밖 노을에 넋이라도 빼앗길 법한 그런 창이었다. 어차피 인생도 궂고 갠 날이 끊임없이 반복되는 것, 더불어 흐린 날에는 젖은 풍경을 바라보는 눈도 깊어지기에 그다지 아쉬울 것은 없었다.

"인생에서는 어렵다는 게 가장 큰 교사예요."

이어지는 선생의 말도 그러했다. 겨울비 머금은 구름에 가려진 햇살마냥 겸손하고 나지막한 음성이었다.

정미소가 생기면서 쓸모없어진 물방앗간을 뜯어다 세운 흙바닥 교실에서, 하숙비를 제하고 나면 치약 하나 살 돈 겨우 남던 월급을 받으면서도 학교와 함께 더불어 사는 일에 기꺼워하던 사람들이 만든 것이 풀무학교 50년 역사였다. 오늘 황폐해진 교육현실이 새삼 주목하고 있는, 이 평범하면서도 위대한 열매 역시 그런 숱한 어려움들이 맺은 것이리라.

그렇다면 지금 선생 자신을 가르치고 있는 '어려움'이란 무엇인지 궁금했다.

"어려움이란 상대적이에요. 지금은 교사의 지위가 안정된 게 오히려 문제일 수 있어요. 헝그리 스피릿, 어려울수록 더욱 도전하게 되지요."

나는 선생의 일상과 개인적인 어려움에 대해 물은 것인데 모두가 풀무학교 이야기로만 들리는 모양이다. 그이에겐 학교의 어려움이 곧 인생의 어려움이었다.

그는 풀무학교에서 오랫동안 교장 자리에 있었지만, 늘 '머리도 없고 꼬리도 없는 무두무미無頭無尾의 학교'라는 것을 강조해왔다. 그것은 마음가짐만이 아니었다. 교장과 교사들 간의 급여 차이를 허문 풀무의 평등급여 전통을 지켜온 것만 보아도 알 수 있다. 풀무학교는 그가 정년퇴임하기 2년 전인, 2000년부터 교사들의 인건비에 대한 국가 지원을 받기로 결정했다. 그는 이때 풀무학교의 평등급여 정신을 살리고자 교사들이 급여의 30%를 학교발전기금에 환원하기로 약속을 받았다. 결국 더불어 사는 평민을 기른다는 풀무학교의 전통은 교사 스스로 먼저 이웃과 더불어 살고자 하는 데서 비롯된 것이었다. 그는 선생이란 사람은 '가르치는 내용대로 살려는 이들'이라고 말한 바 있다.

이런 풀무학교 전통은 서서히 지역 문화를 바꾸는 불씨가 되었다. 홍순명 선생이 자랑스레 들려준 갓골어린이집 이야기는 그 가운데 하나였다. 풀무학교를 졸업한 학생이 원장으로 있는 갓골어린이집은 원장 스스로 자신의 급여를 깎아, 남은 돈으로 새로 교사를 충원하고 모든 교사들이 3년마다 선출제로 원장을 맡아 민주적으로 운영한다고 한다.

"풀무학교도 못하는 일을 더 세게 해낸 거죠. 학교가 하나의 준거가 된 거예요. 세상에는 바른 준거가 있으면 그게 바로 모두의 희망이 될 수 있어요."

그래서 선생은 '어려울수록 서로가 서로에게 희망이 되어야 한다'고 했다. 또 여럿이 하나의 그물코로 연결되어 더불어 살면 저절로 희망이 나오게 된다는 말도 덧붙였다.

안팎으로 어려운 시절이다. 그 속에 구호로만 난무하는 희망이란 단어가 진부하게 들리는 요즈음이다. 그런데 그의 입에서 나온 '희망'이란 말에는 살아 뛰는 날 것의 생기가 느껴졌다. 세상이 바뀔 수 있다는 것을 삶으로 증명해 온 사람이기 때문이다.

"해방이 되던 날 그리고 6.25가 터졌을 때, 어제의 세상과 오늘의 세상이 완전히 달랐어요. 그 어린 시절 정말 세상이 어느 쪽으로도 바뀔 수 있구나 절실히 느꼈지요."

그는 전쟁이라는 극한의 공포 속에서 오히려 평화를 갈구하고, 새로운 세상에 대한 희망의 꿈을 키워 온 사람이었다. 또한 풀무학교라는 하나의 준거를 통해 학교가 어떻게 지역을 바꾸고 세상의 희망을 만드는지 보여 주었다.

스스로 살 만한 곳을 만드는 즐거움

실제로 그가 사는 땅은 풀무학교를 중심으로 어린이집에서 대학까지 갖추었고, 졸업생들이 시작한 학교생협과 재생비누 협동조합 등 다양한 친환경생산현장과 이를 뒷받침하는 신용협동조합 또 느티나무 헌책방과 그물코출판사 …… 마을이 자립해 살 수 있는 여러 구조를 갖추고 있다. 그 중심에 마을 사람들이 자급하고 도시인들까지 먹여 살리는 유기농 농부들이 있다.

적어도 이곳에는 출세와 입신양명을 꿈꾸며 도시로 나가지 않고, 도시를 버리고 이곳에 찾아와 흙과 함께 더불어 살기를 희망하는 젊은이들이 많아 보였다. 자본의 논리에서 자유로이 평화롭고 행복한 삶을 꿈꾸는 사람들이 고를 '택리'의 기준을 모두 갖추고 있는 셈이다.

홍순명 선생은 이곳에서 자연과 이웃과 더불어 사는 일에 대해 이렇게 말했다.

"농사일이 고되고 남는 게 없다는 계산은 맞는 말입니다. 하지만 그것은 우리가 혐오하는 자본의 논리로 생각하기 때문이에요. 우리는 흙과 공동체의 가치로 그걸 벗어나려고 농사를 짓는 거예요."

우리가 얼마나 많은 생물의 다양성을 지키고 있는가, 우리가 얼마나 많은 이들의 건강한 밥상과 생명의 세계를 지키고 있는가, 또 얼마나 평화로운 마음의 원고향을 만들어 가고 있는가 등의 가치는 돈으로는 따질 수 없는 내용들이라고 했다. 따라서 이곳에서는 무엇이든 생명의 논리로 봐야 한다고 했다.

"생명이 밥을 먹여 줘요. 진짜면 밥을 먹여 준다니까요."

선생이 힘주어 말하는 대로 풀무학교가 있는 마을에선 51퍼센트의 토지에 유기농업을 실천하고 협동조합에서 가공과 유통을 맡고 있다. 홍동지역을 한국유기농업의 메카라고 부르는 까닭이 거기 있다. 이렇게 풀무학교처럼 학교와 마을이 서로 도와가며 농촌을 되살리는 것이 우리 모두를 살리는 일이라 그는 믿고 있었다. 바람이 있다면 우리나라 지역마다 풀무학교 전공부와 같은 마을 대학이 30개 정도 더 생겨나 그 숫자만큼 자립하는 지역이 늘어가는 것이라고 했다.

　이중환의 『택리지』는 팔도의 지리를 살피기 전에 '사민四民총론'으로 시작하는데, 처음부터 "옛날에는 사대부가 따로 없고 모두가 민民이었다"고 못박고 들어간다. 또 "나라의 다스림이 극치에 이르면, 너도 나도 다 민으로서 우물을 파서 마시고, 밭 갈아 먹으며 유유히 즐거워하는 데 어찌 등급과 명호名號의 차이가 있겠는가"라고 말한다. 진정한 사대부는 농農공工상商의 일을 하고도 수치로 여기지 않고, 벼슬과 상관없이 진실로 사士의 도리를 하는 사람이라고 강조하고 있는 것이다.

　풀무학교가 기르고자 하는 평민도 '청빈하고 지조 있고 학문과 예술을 즐기는 선비의 기질과 생산적이고 공동체적인 서민의 정신이 더불어 조화를 이룬 사람'이라고 했다. 더불어 산다는 것은 한 사람 한 사람이 먼저 자기 자신과 더불어 사는 것에서 출발하는데, 그것은 머리와 가슴과 손발이 모두 더불어 사는 것이라 했다. 이곳에서는 사람이 '일만 하면 소, 공부만 하면 도깨비'라고 부르는 까닭도 거기에 있다.

사진: 류관희

"농사일이 고되고 남는 게 없다는 계산은 맞는 말입니다. 하지만 그것은 우리가 혐오하는 자본의 논리로 생각하기 때문이에요. 우리는 흙과 공동체의 가치로 그걸 벗어나려고 농사를 짓는 거예요."

겨울비 내리는 내포 땅, 풀무학교가 있는 홍성군 홍동면 갓골마을에 찾아가 "그러므로 사대부는 살만한 곳을 만든다"는 『택리지』의 구절이 도드라지게 읽힌 것도 그 때문이다. 홍순명 선생은 스스로 '살만한 곳을 만든' 사람이었다. 세상에 태어나 사람이 품어볼, 이보다 근사한 꿈이 또 있을까.

　어느덧 해거름도 깊어 앞산 언덕부터 이내가 깔리기 시작했다. 그가 온돌을 놓은 안방 아궁이에 군불을 땔 시간이다. 그는 아내에게 '배는 부르게 못 해도 등은 따습게 해'주는 남편이라며 웃는다. 그때 풀무학교 전공부에서 온종일 학생들과 김장을 담그던 아내 이승진 씨가 여학생 하나와 팔짱을 끼고 소풍 다녀오듯 집으로 돌아왔다. 이 아름다운 평민들의 마을에 어둠이 솜이불처럼 푸근하게 내려앉고 있었다.

🌸 뒷이야기

홍순명 선생을 처음 찾아간 것은 2008년 겨울이었다. 당시 그의 집을 빼곡히 채우고 있던 책들은 마을에 도서관을 짓게 되면 그 밑거름이 될 것이라 했다. 그의 소원대로 지난 2011년 10월 22일 홍동면 운월리 갓골에 '책으로 벗들이 만나고 벗들이 마을을 만든다. 책과 고향 홍동밝맑도서관'이 문을 열었다. '밝맑'은 풀무학교 설립자 중 한 사람인 이찬갑의 호에서 따온 것으로 학교와 지역이 하나가 되는 공동체를 꿈꾸던 그의 생각을 기리는 뜻을 담고 있다. 도서관은 지역 주민들의 모금으로 만들고 운영한다. 여러 학교 학생들의 교실로, 마을장터나 결혼식 등 주민 편의 공간으로도 이용한다. 책이 빽빽한 도서관 3층이 지금 그의 일터인데, 그동안 평생 마음 놓고 책 읽을 시간이 없었는데 이제야 틈틈이 그런 여유가 생겨 행복하다고 했다.

그가 도서관에서 가장 관심을 갖고 연구하는 부분은 오리농업이다. 1975년에 홍동에 처음 유기농업이 들어왔지만 한동안 이를 뒷받침할 특별한 기술이 없어 농부들이 풀매기가 무척 힘들었다고 한다. 그때 오리가 구원병으로 와서 김매고 벌레 잡고 흙을 휘젓고 벼에 자극을 주면서 자란 오리쌀로 마을도 살아났는데, 근래 조류 독감 때문에 타격을 받고 있다. 그는 오리가 논에서 하나둘 사라지는 것을 지켜보며 유기논농사 자체가 무너질 수 있다는 위기의식을 갖게 되었다. 그래서 조류 독감의 원인이 공장식양계에 있고 오리 또한 그 피해자라는 사실을 널리 알리며 오리농업 부활을 위해 부단히 노력하고 있다. 쌀과 오리가 공존하는 논에서 농업과 축산이 상생하는 방식으로 마을 살림을 보다 튼실하게 꾸려나가는 게 목표다.

또 하나 그의 새로운 관심 분야는 '마을돈'이다.

"돈이 모든 문제의 기본에 있지요. 이자가 이자를 낳는 투기, 독점적인 자본축적으로 폐해가 많아요. 마을돈은 신뢰를 기반으로 지역 안에서 순환하는 자율적인 지역경제를 만드는 씨앗이 될 겁니다."

복리 없이 2퍼센트대의 낮은 이자와, 토지 구입 등의 목적지정 대출을 해주는 작은 마을은행도 준비하고 있다. 쉽지 않은 길이지만 지금껏 풀무학교가 작고 소박하지만 끈기 있게 이루어낸 성과들을 믿기에 지역의 역사도 그렇게 바뀌리라 기대한다.

2008년 처음 취재 이후 이미 홍동 지역에는 이미 마을까페, 의료조합, 교육농장, 협업농장, 적정기술조합, 꾸러미조합, 마을활력소, 마실통신 등 올망졸망한 주민기관들이 생겼거나 만들어지고 있다.

"풀무학교는 농촌의 가난을 교육으로 풀어보려고 출발했어요. 교육의 중심에 유기농업이 있었지요. 이제 자본독점과 경쟁으로 신자유주의가 맹위를 떨칠수록 우리는 더욱 흙과 공동체의 가치에 주목하게 되었어요. 지역의 교육, 경제, 에너지, 금융, 복지, 문화 모든 영역의 자립과 연대에 눈을 뜨면서 학교도 마을도 변하기 시작했으니까요."

홍 선생은 아직도 고등부와 전공부에서 가르치고 있다. 도서관과 마을 활력소 대표 직함이 있지만 어디까지나 바탕은 시골교사라는 것이 여전히 그의 자부심이다.

한살림의 역사

박재일

우리 모두
한집에
사는 거예요

박재일

1938년 경북 영덕에서 농부의 아들로 태어났다. 1960년 서울대학교 지리학과에 입학한 다음, 굴욕적인 한·일수교에 반대하는 6·3운동에 앞장서다 구속되었다. 감옥에서 나온 뒤 무위당 장일순을 만나면서 원주 진광중학교에서 영어교사를 했으며, 1969년부터 사회개발위원회와 가톨릭농민회 등을 통해 농업과 농촌현실 개혁에 힘을 쏟았다. 1985년에 설립한 원주소비자협동조합 초대 이사장을 지내고, 이듬해 서울 제기동에 한살림농산을 열면서 한살림운동을 시작했고 대표로 오랫동안 일했다. 2009년 위암 발병으로 투병 중에 제13회 정일형 이태형 자유민주상, 일가상 등을 수상했고, 지난 2010년 8월 73세로 영면했다.

오랜만에 만나는 사람들이 "요즘 무슨 일해요?"부터 물으면 나는 종종 "살림해요"라고 답한다. 그러면 더 이상 질문이 이어지지 않는다. 대개 '집에서 살림한다'는 말을 '일하지 않고 쉰다, 논다'는 뜻으로 생각한다. 사실 내가 정말로 하고 싶은 대답은 "한살림해요!"라는 것이다. 하지만 그 말이 살림깨나 한다는 소리처럼 들려 차마 입 밖에 내지는 못한다. 살림은 '죽임'의 반대말이다. 그래서 살림한다는 말은 생활 속에서 무엇이든 온전히 '살리는 일'을 하고 싶다는 바람이다. 실제로 잘하지 못하는 일이기 때문에 자꾸 힘주어 이야기하는 것이기도 하다.

그 한살림을 일구어 낸 큰 살림꾼 박재일 회장을 만나러 가는 길이다. 나는 인터뷰를 위해 그의 집에서 평소대로 차린 밥 한 끼를 함께 먹고 싶다고 청했다. 살림하는 이의 처지에서 이것이 얼마나 부담스러운 요구인지 잘 알고 있으면서도 일부러 고집을 부렸다. '밥상 살림 농업 살림 생명 살림'을 이야기하는 한살림의 큰 어른을 만나는데, 어떻게 그가 먹는 일상의 밥이 궁금하지 않겠는가.

밥상살림과 농업살림을 하나로

단비가 내리는 초여름 어느 날 한창 제철인 빨간 장미 화분을 사 들고 그를 찾아갔다. 공교롭게 그의 집도 잠실에 있는 장미아파트였다. 그는 1986년 원주에서 올라 온 이후로 줄곧 그곳에서 살고 있었다. 오래된 아파트 단지의 숲은 빗물을 머금은 아름드리 메타세콰이어 나무들이 팽팽하게 부풀어 올라 청신했다. 도시 한복판에 이런 숲이 있다는 게 놀라울 정도였다. 그러나 그가 상경했을 때만 해도 사정은 많이 달랐던 모양이다.

"원주에서 근 이십년 만에 다시 서울에 올라왔는데 처음엔 눈도 따갑고 아주 힘들었어요."

그는 이 집에서 시작한 서울살이로 말문을 열었다. 그런데 공기의 질보다 더한 것은 문화적 충격이었다.

"바로 옆집하고 벽 두께가 이렇게 얇은데, 서로들 친하게 지내지 않는 게 참 이상했어요. 아주 커다랗지만 모두가 한집에 사는 건데 말이죠."

그는 아파트를 한집살이라고 했다. 듣고 보니 삭막한 주거형태의 대명사처럼 생각되던 아파트가 달리 보였다. 그가 주도한 한살림 운동도 온 우주의 생명이 한집살이를 한다는 믿음으로 시작한 것이라 생각하니 정겹게 느껴지기까지 했다.

한살림은 1986년 12월 4일 서울 제기동에서 '한살림농산'이라는 스무 평 남짓한 쌀가게로 세상에 첫발을 떼었다. 당시 박재일의 나이는 지천명을 앞에 두고 등 뒤로 딸을 다섯이나 둔 어깨가 무거운

세상의 폭력은 독재권력 속에만 존재하는 것이 아님을 그는 이미 깨닫고 있었다. 더 크고 위험한 폭력이
우리 삶을 위협하는 밥상 위에 있었다.

가장이었다. 고향인 경북 영덕에 계신 노모는 서울대학교까지 나온 똑똑한 아들이 데모에 앞장서다 감옥살이까지 한 것으로 가슴이 철 렁했지만 그나마 원주에서 교사 생활도 하고, 재해대책사업과 협동 조합 운동을 하며 가족들과 조용히 뿌리를 내리는가 싶어 잠시 안도 했다. 그런데 다시 서울에 올라가서 벌인다는 일이 '쌀 팔고 계란 파 는' 것이라 하니 어머니는 여간 낙담하지 않았다. 그를 맞은 서울 친 구들의 반응도 크게 다르지 않았다.

　당시는 1987년 6월 항쟁을 전후로 한 시절이었다. 친구들은 '돌아 온 투사'를 기대했겠지만 서울에 올라온 박재일은 최루탄이 난무하 는 격동의 시대 한복판에서 묵묵히 석발기를 돌렸다. 농약을 치지 않고 길러낸 귀한 쌀에서 작은 돌 알갱이를 골라내는 일은 세상을 바 꾸겠다는 똑똑한 친구들 눈에는 너무도 하찮아 보였을 것이다. 젊은 시절 그에게 익숙한 몸짓과 습관은 자꾸 거리로 달려 나가려고 했을 터이지만, 그는 그때마다 '내가 이러다가는 영원히 쌀가게로 돌아가 지 못하리라'는 생각으로 마음을 다잡았다고 했다. 그가 쌀가마니와 함께 상경할 때 품었던 꿈은 눈앞의 정치제도를 바꾸는 일보다도 어 렵고 훨씬 원대한 것이었다.

　세상의 폭력은 독재권력 속에만 존재하는 것이 아님을 그는 이미 깨닫고 있었다. 더 크고 위험한 폭력이 우리 삶을 위협하는 밥상 위 에 있었다. 하지만 그것을 아는 사람들은 극소수였다. 그 무렵 한 해 1,500명가량의 농민들이 농약중독에 쓰러져 목숨을 잃고 있었다. 농 부들이 돌보던 땅과 물도 마찬가지였다. 병든 땅에서 길러낸 먹을거

어
른

72

리가 다시 사람의 건강을 위협하는 악순환이 되풀이되는, 더는 미룰 수도 망설일 수도 없는 절박한 상황이 눈앞에 닥쳐오고 있었다.

하지만 도시와 농촌이 유기농산물 직거래를 해 생산자와 소비자가 함께 사는 길을 모색하는 데 공감하는 사람이 많지는 않았다. 그가 생각하는 직거래는 '사고파는 것'이 아니었다.

"제가 생각한 것은 생산자와 소비자가 딱 나눠진 것이 아니라 우리들의 삶 전체와 인간관계를 바꿔내자는 것이었습니다. … 소비자의 밥상살림과 농업살림은 둘로 나눠진 대립관계가 아니라 하나입니다. 즉 '생산과 소비가 하나'라는 관점에서 출발했을 때 필요한 것을 서로 협력해서 만들어 낸다는 거죠."*

단순한 농산물 직거래운동이 아니라 도농 간 삶의 연대와 공동체 운동이 한살림이었다. 그러나 처음에는 배부른 소리를 한다고 생각하는 이들도 많았다. 심지어 "우리를 이용해먹는 거 아닌가, 뒤로 자기 사업을 해 배를 불리려는 게 아닌가." 하고 의심하는 눈초리도 있었다고 했다.

어차피 누군가 먼저 가시덤불을 헤쳐 나가지 않는다면 세상에 새로운 길이란 생기지 않는 법이다. 일찌감치 먼저 길을 내는 사람은 고독할 수밖에 없다. 그 역시 세상의 몰이해와 냉소, 그로부터 비롯

---

* 2003년 박재일의 강연 중에서.

되었을 외로움의 그늘 또한 깊었을 것이다. 그는 어떻게 감내하고 이겨냈을까 궁금했다.

"원주에 있는 동안 농촌에서 사람들이 서로 협동하면서 무엇인가를 만들어 내면서 함께 일궈내는데 그 일들이 참 잘됐어요. 그때 저렇게 협동을 하면 참 재밌게 행복하게 살 수 있겠구나 느꼈죠. 그 경험이 두고두고 힘이 되었어요."

그는 1972년 남한강 유역의 대홍수로 삶의 터전이 쓸려 내려간 수재민들과의 만남을 떠올렸다. 당시 천주교 원주교구를 중심으로 이루어진 재해대책본부의 사회개발사업과 가톨릭농민회 활동의 경험들이었다. 지학순 주교를 중심으로 무위당 장일순과 함께 한 원주 사람들이 일군 재해대책 사업은, 한국전쟁 이후 소위 동냥하는 '밀가루 신자'를 만들어내던 구호 사업들과는 확연히 달랐다. 수재민들 스스로 자긍심을 가지고 자립의 기반을 만들 수 있도록, '하늘이 스스로를 돕게' 하는 방식이었다. 이때의 가슴 벅찬 경험들이 협동조합 운동의 소중한 자산이 되었다. 그는 원주에서의 추억을 더듬는 동안 얼굴에 화색이 돌고 목소리에도 생기가 더해졌다.

사실 그는 지난겨울 위암 수술을 마치고 치료 중에 있었다. 그래서 오랜 시간 대화를 청하는 것이 몹시 부담스러웠다. 하지만 이야기를 나눌수록 그의 몸에서 새로운 에너지가 샘솟는 듯했다. 협동으로 일궈낸 행복한 세상에 대한 꿈이 그에게는 결국 살아가는 힘이었다는 사실을 실감할 수 있었다.

그러나 워낙 협동조합운동에 대한 불신이 만연해 냉소적인 태도를 보이는 사람들이 많았고, 우리나라의 국민성 때문에 아예 불가능하다고 말하는 이들도 있었다. 하지만 그는 스스로 체험한 희망의 증거들이 있기에 흔들리지 않았다.

"우리가 왜 이런 일들을 하는지 제대로 알리고, 교육하고, 투명하게 공개하기만 하면 사람들 사이에는 믿음이 생기죠. 협동은 그 믿음의 힘으로 커져가는 거예요."

한살림도 모든 것을 조합원들에게 다 드러내놓기 때문에 신뢰를 얻은 것이라고 했다.

"나도 똑같이 월급 받고 일하고, 나 먹을 것은 매장에 가서 조합원들하고 똑같이 돈을 내 사먹는 것을 보고 놀라는 사람들도 있어요."

그가 활짝 웃으며 말했다.

사회제도를 바꾼다고 하루아침에 세상이 달라지지는 않는다. 사람들 개개인의 가치관이 변해 살아가는 방식부터 근본적으로 달라져야만 가능한 일이다. 그런데 왼손잡이가 오른손잡이 되기 힘든 것처럼 생각의 틀과 습벽을 바꾸기란 얼마나 어려운가. 그래서 생활 속에서 누구나 공감하는 가장 절실한 문제에서 출발하자는 게 그의 생각이고 한살림이었다.

"그게 밥이에요. 어느 누구도 피하거나 외면할 수 없는 게 밥이잖아요. 그래서 우리는 밥과 세상과 사람들의 관계에서 시작한 거예요. 제대로 된 생명의 밥상을 차리자 그래서 가정의 밥상, 들판의 밥상, 도시의 밥상, 사회의 밥상을 다시 꾸리자고 말이죠. 그런데 의외로 좋은 생각을 가지고 걱정을 함께하는 사람들이 많이 있었어요."

그는 오늘의 한살림을 만든 것은 생명의 밥상을 차리려고 노력한 엄마들의 힘이라고 강조했다. 어떤 당위나 거창한 대의명분을 내걸고 한 일이 아니라 자신과 가족을 위해 시작한 일이기 때문에 지금껏 꾸준히 지속될 수 있었다는 말이다.

병은 나를 깨우치게 한 스승이다

그의 건강과 관련해서는 선뜻 이야기를 꺼내기가 쉽지 않았다. 근래 한살림의 조합원이 급격히 늘고 있는 데는 식품 안전에 대한 관심이 높아진 영향도 있을 것이다. 특히 아토피로 고생하는 아이들이나 암에 걸린 사람들이 먹을거리로 좀 더 근원적인 치료를 하려고 찾아온 경우가 많았다. 그런데 한살림과 함께 20여 년을 살아 온 그가 병에 걸린 일을 두고 의아해 하는 사람도 있을 것이다. 만일 유기농 먹을거리를 시장에서 상품으로 파는 기업체라면 이를 숨기고 싶어할 수도 있다. 그러나 그는 진솔하게 자기 몸에 대해 이야기했다.

"요새는 채식을 중심으로 양도 적게 먹어요. 그동안 내가 스스로를 돌보지 않고 참 건방진 삶을 살았구나 하고 이번 기회에 배우게 되었어요."

어린 아이처럼 밝은 표정이었다. 가까이에서 바라본 얼굴은 조금 야위었을 뿐 칠순이 넘은 나이에도 피부가 맑았다.

그는 위를 다치고 나서야 비로소 위장의 기능에 대해 깊이 생각하게 되었다는 이야기도 했다. 그동안 너무 많이 먹었다는 것, 그리고 어떻게든 몸이 신호를 보냈을 텐데 그것을 알아차리지 못할 만큼 스스로에게 무관심했다는 데도 생각이 미쳤다. 젊은 시절부터 집에서는 하숙생과 다를 바 없을 정도로 일에 쫓겨 살았고, 늘 밖에서 음식을 사먹는 경우가 많다 보니 이것저것 가릴 처지가 아니었다고 한다. 또 농민들과 어울려 마음을 터놓고 일을 해야 하니 자연 술을 마실 기회도 많았다.

"저는 무엇이든 가리지 않고 잘 먹었어요. 그러면서 한살림운동을 열심히 해서 누가 언제 어디서 무엇을 먹더라도 모두가 안전하게 먹을 수 있는, 하루 빨리 그런 세상을 만드는 게 중요하다는 생각만 했어요."

정작 자기 몸에 좋은 것을 골라 먹어야겠다는 생각을 따로 해본 적이 없던 것이다. 그것은 처음부터 한살림운동이 지향해온 일관된 그의 생각이기도 했다. 그는 한살림 물품 가운데 물을 취급하지 않는 원칙을 예로 들어 설명했다.

"조합원들 사이에는 좋은 물을 공급해달라는 요구들이 끊임없이 있었어요. 하지만 도저히 수돗물을 못 먹겠는 사람들이라면 개인적으로 형편껏 생수를 사먹으면 돼요. 우리는 어떻게 하면 모두가 먹는 수돗물을 안전하게 먹을 수 있을까 노력하는 데 힘을 쏟는 게 중요하다고 생각했어요. 한살림이 나만 잘 먹고 잘 살자는 생각으로 시작한 것이 아니거든요."*

---

* 한살림은 1999년 수돗물불소화반대국민연대에도 참여했다.

"어느 누구도 피하거나 외면할 수 없는 게 밥이잖아요.
그래서 우리는 밥과 세상과 사람들의 관계에서 시작한
거예요. 우리가 제대로 된 생명의 밥상을 차리자 그래서
가정의 밥상, 들판의 밥상, 도시의 밥상, 사회의 밥상을
다시 꾸리자고 말이죠."

더불어 그는 건강이란 단지 먹을거리만으로 해결되는 문제는 아닌 것 같다고 했다. 건강은 자신을 둘러싼 물과 공기 같은 환경과 무수히 많은 관계들이 내 몸과 유기적으로 작용한 결과라는 것이다.

"한살림을 통해 이 세상에서 정말 좋은 사람들과 기분 좋게 만나고 관계를 맺은 것이 이제껏 나를 잘 살게 해준 힘이었어요."

참 단순한 말인데 어쩐지 깨달은 이의 게송처럼 들려왔다. 진리는 그렇게 소박하고 단순한 모양이다.

"결국 건강문제는 자초한 거지요. 그래서 내 몸에 제대로 관심을 갖지 않고 살아온 걸 반성하고 있어요."

그의 스승이었던 무위당 장일순은 생전에 "병은 싸워서 이기는 게 아니라 친구처럼 내 몸에 잘 모시고 가야 하는 것"이라고 했다. 이제 박재일도 제 몸의 병을 스승으로 모실 줄 알게 되었다. 그래서일까, 그와 함께 나눈 밥상은 예배를 보는 것처럼 경건한 자리였다.

"제대로 차근차근 씹다 보니 맛도 새롭게 느끼고 있어요. 자연스럽게 내가 먹는 음식에 대해 생각이 깊어지고요."

그래서 하루 세 끼 밥상을 차려주는 아내에게 더욱 감사한 마음을 갖게 되었다고 고백한다. 어려운 환경 속에서도 다섯 자매를 반듯하게 키워 온 사람이었다. 문득 박재일은 어떤 아버지이고 남편이었을까 궁금했다.

"늘 인자하고 좋은 모습뿐이었죠."

그의 아내가 말했다. 물론 아이들과 함께할 시간이 거의 없던 늘 바쁜 아버지였기 때문에 서운할 때도 있었다고. 그러나 육아와 살림살이에 지친 아내가 하소연을 할 때면 그는 늘 "여보 미안해, 다 내 잘못이야. 내가 당신을 힘들게 해서 그래요." 하면서 다독여주었다. 아내는 그 말 한마디로 용기를 얻었다고 했다. 밖에서 그와 함께 일하는 사람들도 조직 안에서 어려운 문제가 생기면 '쳐서 내치는 것보다 끌어안으면서 고쳐 가려고 노력하는' 성품이라 전했다.

국어사전을 펼쳐 살림이란 단어를 찾아보면 '한 집안을 이루어 살아가는 일 또는 살아가는 상태나 형편'이라고 적혀 있다. 여기서 말하는 '한 집안'의 의미를 가정과 사회, 사람과 자연까지 모두 아우른 온 우주로 확장시킨 것이 바로 한살림 운동이다.

그런 의미에서 박재일은 자신의 몸에서부터 다시 한살림을 하고 있었다. 꿈을 꾸는 머리와 따뜻하게 사람을 품는 가슴뿐 아니라 하루하루 밥을 삼켜 에너지를 만들어내는 인체의 기관들도 한 사람의 몸속에서 함께 살림을 해나가는 존재이기 때문이다. 그가 말한다.

"한살림은 끝없이 만들어가는 거예요. 완성된 게 아니라 생활하는 사람들이 하루하루 삶으로 만드는 거지요."

그의 몸 역시 다시 한살림을 하고 있었다.

🌿 뒷이야기

2010년 일요일 오전 이른 시각, 병상에 있던 박재일 선생이 지인에게 전화를 걸어왔다. 『밥상혁명』이란 책을 읽었느냐며 와서 소감을 들려달라고 했다. 나는 전화를 받은 사람과 함께 서울대학병원 치과 병동으로 달려갔다. 그는 위암 수술 후 몸을 추스르던 도중 구강암이 발견돼 수술을 마친 직후였다. 나중에 알고 보니 병원에 들어갈 때 챙겨 가지고 간 책을 수술 직전에 다 읽고는 한살림 지역조직에서 일하고 있는 둘째 딸에게도 꼭 읽어보라 권했다고 한다. 수술이 끝난 뒤에는 책을 읽었는지부터 물었다고 했다.

병실에서 만난 그는 두 번째 암 수술을 마친 환자라고는 믿겨지지 않을 정도로 평안해보였다. 그가 지인에게 서둘러 전화를 건 것도 식량자급의 중요성을 널리 알리는 한살림 조합원 교육에 더욱 힘써야겠다는 뜻을 전하고 싶어서였다. 그의 표정은 생기가 있었지만, 병상에서도 온통 한살림 생각뿐인 그를 보면서 숙연해질 수밖에 없었다.

그리고 다시 여름이 찾아올 무렵 그에게 시간이 얼마 남지 않았다는 소식을 듣고 다시 병원으로 찾아갔다. 구강암 수술 이후 척추로 암세포가 전이가 되면서부터 그는 극심한 고통에 시달리고 있었다. 반 년 만에 다시 만난 그는 육신과의 이별을 준비하고 있다는 것을 증명이라도 하듯 앙상하게 말라 있었다. 종종 몸만 침대 위에 두고서 의식은 이미 천상의 세계를 여행하는 것처럼 보였는데, 한 번은 천국에 가보았던 이야기를 들려주며 어린아이처럼 환하게 웃었다고 했다. 그 날도 앙상한 팔을 허공에 뻗은 그는 춤을 추거나 천사에게 손을 내미는 것처럼 보였다. 그의 눈에는 천장 너머 푸른 하늘이 보이는 것 같았다. 그가 있는 그대로 평안해보여서 천당과 현실 세계도 한살림을 할 수 있을까 하는 외람된 생각마저 가져보았다.

그가 마지막 가는 길목에는 전국의 한살림 생산자와 소비자 조합원들이 한데 모여 유기농 밥상을 따뜻하게 차려 찾아오는 사람들을 융숭히 대접했다. 그는 한살림 생산자들 마을인 괴산 솔뫼의 밭 한가운데 몸을 묻었다.

"한국에서 딸 하나를 키우면 아버지는 진보가 되고, 딸 둘을 낳으면 좌파가 된다"는 우스갯소리가 있는데, 생전의 박재일은 여기에 덧붙여 '딸 셋을 낳으면 혁명가가 되고, 넷이면 생명운동가가 되는데 자신은 다섯 딸을 둔 덕에 한살림을 하게 되었다'는 이야기를 하며 종종 사람들을 웃게 했다. 그의 다섯 딸들 역시 아버지의 바람대로 한살림을 하고 있다.

온생명 물리학자

장회익

생명의 신비는
생명체
밖에 있다

장회익

1938년 경북 예천에서 태어났다. 서울대학교 물리학과를 졸업하고 미국 루이지애나 주립대학교에서 물리학 박사 학위를 받았다. 30년간 서울대학교 물리학과 교수로 학생들을 가르쳤으며, '물리학 언어로 생명을 어떻게 정의할 수 있을까'라는 화두를 안고 연구를 계속해왔다. 1988년 유고슬라비아(지금의 크로아티아) 두브로브니크에서 열린 국제과학철학 모임에서 '온생명'의 개념을 처음 발표했다. 『과학과 메타과학』『삶과 온생명』『이분법을 넘어서』『물질, 생명, 인간』『생명을 어떻게 이해할까?』『공부도둑』『공부의 즐거움』등의 책을 펴냈다.

시커먼 아스팔트 위로 속절없이 노란 은행잎만 수북이 쌓이던 날, 충남 아산으로 길을 나섰다. '후쿠시마 이후' 공포의 시간을 어떻게 살아내야 하는지, 묻고 싶은 사람이 있었다.

서울에서 아산까지 가는 길은 KTX 순방향 좌석에 앉았다. 열차가 낼 수 있는 최고속도는 시속 305km다. 빠르게 사라져버리는 창밖 풍경에 눈길 둘 곳이 없다. 목적지까지는 30여 분, 깜빡 졸다간 내릴 곳을 놓쳐버릴 수도 있겠다 싶었지만 스르르 눈이 감겼다. 눈을 뜨니 천안아산역 가까이였다. 정말 눈 깜빡할 사이다. 하지만 우리는 태어날 때부터 이미 KTX보다 빠른 물체에 타고 있다. 우리 모두가 초속 30km로 태양 주위를 달리는 지구의 승객이니까. 하지만 지구는 지금까지 돈 한 푼 달란 말이 없다. 대신 지구 위 좁은 반도의 한 구석을 달리는 열차는 초고속이란 이름으로 꽤 비싼 요금을 받는다. 고작 1초에 85m를 달리면서 말이다. 차창 밖으로는 가을 햇살이 달아나고 있었다. 그 빛은 1초에 30만km를 달린다. 역시 아무 대가를 요구하지 않으면서.

우리는 태양 에너지만으로도 살 수 있다

밤새 장회익 선생의 자서전 『공부도둑』을 읽으면서 그가 아인슈타인과 교감하던 이야기를 흥미롭게 읽었다. 사실 물리학자가 아인슈타인의 영향을 받지 않았다면 이상한 일일 것이다. 그는 청주공고 2학년이던 1955년 봄날, 교정에 흘러나온 방송으로 아인슈타인의 작고 소식을 듣던 순간의 생생한 기억에서 두 사람 사이 공명이 시작되었다고 믿는다. 훗날 서울대 물리학과를 졸업하고 미국 루이지애나 주립대학에서 물리학 박사학위를 받을 때도, 학문적 계보로나 성향 모두 아인슈타인이 자신의 증조부 격이라 생각했다.

아인슈타인은 고등학교를 자퇴하고 혼자서 수학과 물리학을 공부했다. 어린 시절 전기기사인 삼촌의 영향을 많이 받았으며 대학진학 전에는 실업학교를 다녔다. 소년 장회익은 초등학교 6학년 때 학교를 그만두고 꼴을 베러 다니며 혼자 공부를 했고, 토목기사인 아버지의 영향으로 수학과 물리학에 관심을 가졌으며 공업고등학교에 진학했다가 뒤에 물리학자의 길을 걷게 된다. 그러나 겉으로 드러난 공통점보다는 과학자의 책임과 역할을 강조하는 그들의 내면이 가장 닮아보였다.

『공부도둑』 때문에 이십여 년 전쯤 재미있게 읽었던, 사또 후미다까의 『아인슈타인이 생각한 세계』도 다시 꺼내 보고, 물리학을 좋아했던 여고생 시절로 시간여행도 떠나볼 수 있었다. 막막한 우주의 힘과 질서가 궁금했던 소녀가 마흔이 넘어 노 물리학자에게 세상의 길을 물으러 가게 될 줄이야. 그런데 그의 나이는 40억 살이라고 했다.

사진: 류관희

생명의 신비는 '생명체 내부에 있는 것이 아니라 그 생명체 밖에서 온다'는 사실이 그가 찾은 답이었다. 그러므로 낱낱의 생명체 밖에 그것이 살 수 있도록 도와주는 '보생명'이 있고, '낱생명'과 보생명이 결합해 더는 외부 도움 없이도 생명활동을 지탱할 수 있는 단위가 '온생명'이라고 정의했다. 지구에 사는 낱생명인 우리들에게는 태양과 한 덩어리인 지구 전체가 하나의 온생명이다.

"나는 한 개체로서 10년, 20년 혹은 60년, 70년 전에 출생한 그 누구누구가 아니라 이미 40억 년 전에 태어나 수많은 경험을 쌓으며 살아온 온 생명의 주체이다. 내 몸의 생리 하나하나, 내 심성의 움직임 하나하나가 모두 이 40억 년 경험의 소산임을 알아야 한다. 그러니까 내 진정한 나이는 몇십 년이 아니라 장장 40억 년이며, 내 남은 수명 또한 몇년 혹은 몇십 년이 아니라 적어도 몇십 억 년이 된다."

- 온생명 녹색사상가 장회익의 70년 공부인생 이야기 『공부도둑』 중에서.*

40억 살의 노인은 아내와 함께 충남 아산 신도시 아파트에 살고 있었다. 아내도 자신의 나이를 40억 살이라 생각하는지는 모르겠으나 그 역시 물리학자였다. KTX 역에서 내려 미래도시처럼 잘 정비된 공원 산책로를 따라 걸으면 20여 분 거리에 그의 집이 있었다. 사진기자의 짐이 무거울 테니 차로 마중을 나오겠다는 것을 만류하고 굳이 걸어서 갔다. 그가 늘 오가는 방식 그대로의 길을 만나고 싶었기 때문이다.

15층짜리 아파트의 꼭대기 층, 거실에 다락이 있는 복층구조의 집에는 물리학 박사 부부답게 책들로 가득 차 있다. 물리란 모든 사물의 이치를 밝히는 학문이니 아내와 남편의 평생 공부가 담긴 책들이 얼마나 방대한 영역에 걸쳐 있을지 짐작조차 어렵다. 아니 사실은 무엇을 어떻게 물어야 할지가 더 어려웠다.

"살림하는 사람들이 물리학하는 사람에게 무엇이 궁금할까, 나도

* 『공부도둑』 346~347쪽, 장회익 지음, 생각의나무 펴냄.

상당히 의외였어요."

그가 허허 웃으며 건넨 첫인사다. 똑같이 물리학를 연구하고 가르치면서 집안 살림까지 해왔을 아내의 생각은 어떨까, 궁금했지만 물을 기회는 없었다. 우리나라 최초의 여성 물리학자인 모혜정 선생은 차와 정갈하게 깎은 과일을 내어줄 뿐, 인터뷰가 끝날 때까지 일절 남편의 일에 관여하지 않았다.

"나는 사실 강연 같은 거 하면 손해 보는 게 많아요. 이 사람 물리학자다 그러면 사람들이 잘 안 와, 어려울 거다 못 알아들을 거다 생각해서 청중이 많지 않거든."

선생은 72세 생일에 사진기자를 향해 혀를 쭉 내밀었던 아인슈타인의 유명한 사진 속 표정만큼이나 천진난만하게 웃었다.

나는 단도직입적으로 후쿠시마 사태를 바라보는 물리학자의 생각부터 물었다. 마치 핵폭탄과 핵발전 원리를 밝힌 아인슈타인과 물리학에 원죄가 있는 것처럼.

때마침 그날은 서울 월계동 방사능오염 현장을 방문한 새 서울시장의 행보가 뉴스로 떠오른 날이었다. 선생은 대답 대신 그곳의 방사능 수치가 어떻게 세상에 알려지게 되었는지 궁금하다고 먼저 물었다. 지난 2011년 11월 초, 월계동 한 아파트 앞 이면도로에서 평균치보다 20배 높은 방사능이 검출되었다고 신고한 것은 그 지역 엄마들이었다. 후쿠시마 원전사고 이후 아이들을 안전하게 지키고 싶은 엄마들이 방사능측정기를 구입해 직접 주변 구석구석을 감시하다가 알려진 일이었다. 그는 용감한 엄마들 이야기를 듣고는 깜짝 놀란 얼굴로 고개를 끄덕이더니 곧장 이야기를 시작했다.

"핵발전은 처음부터 해서는 안 되는 일이었어요. 근본적으로 방사능하고 생명체는 상극이니까요."

그는 방사능 에너지가 워낙 강력해서 생명의 구성요소들을 근본적으로 파괴한다는 설명을 덧붙였다. 가시광선이나 적외선(자외선도 좀 위험하긴 하지만) 같은 에너지에는 우리 몸이 오랜 세월 적응하며 진화해왔지만 방사능은 전혀 다른 성격이기 때문이다. 그래서 근본적으로 생명체는 방사능에서 멀리 떨어져 있어야 한다는 것이다.

"사실 방사능 아니어도 우린 살 수 있잖아요. 본래 모두가 태양 에너지만 가지고 살았어요. 요즘은 태양 에너지로 발전도 하지만, 기본적으로 모든 생명체는 녹색 식물이 가진 태양을 먹고서 근육의 힘을 길러 3~40억 년을 살아온 거잖아요."

40억 년을 신체 에너지만으로 인류가 버텨왔다는 사실이 새삼 놀랍게 들렸다. 그는 '인류 문명이 만든 최초의 불이란 것도 결국 나무에 저장된 태양 에너지다. 그렇게 30만 년 가까이 우리는 태양의 힘만으로 살아왔고, 석유를 쓴 것도 고작 100~200년 일'이라는 사실까지 차근차근 되짚어 주었다.

"사실 땅속 화석 에너지까지 꺼내 쓰는 것도 상당히 무리한 건데…… 이제 핵 에너지까지 쓰겠다는 것은 과잉이고 오만이지. 체르노빌 때는 공산주의 국가니까 관리를 제대로 못했으려니 생각할 수도 있어요. 하지만 일본에서도 같은 일이 벌어졌잖아요. 설령 터지지 않았다고 해도 절대 용납해서는 안 되는 거였어요."

그는 인간의 주의력이라는 게 분명한 한계가 있다고 했다. 우리의 신경이 진화과정에서 감당할 수 있는 주의력을 키운 게 고작 발을 헛디뎠을 때 조심할 수 있는 수준이라고 잘라 말했다. 그런데 원자력은 인간이 도저히 감당할 수 없는 주의력을 요구한다. 더구나 핵발전소는 사용하는 동안만 관리하는 게 아니고 몇천 년 아니 몇만 년을 계속 관리해야 하는데, 후대에는 아무 이득도 없으면서 쓰레기를 관리만 해야 하는 상황이 닥쳐온다는 사실, 그것이 물리학자가 지적하는 핵발전소의 본질이다. 결국 우리가 아이들의 미래까지 흥청망청 써버리고는 후손들을 언제 터질지 모르는 시한폭탄 위에 올려놓았다는 소리 아닌가.

과학이 가져다주는 심오한 메시지에 귀 기울이자

'질량과 에너지는 동등하다($E=mc^2$)'는 현대물리학의 발견은 질량을 가진 모든 물질이 거대한 에너지를 내포하고 있다는 사실에 눈 뜨게 했다. 1g의 물질을 100퍼센트 에너지로 바꿀 수 있다면 0℃의 물 1만 톤을 100℃까지 끓일 수 있는 엄청난 힘이라고 한다. 하지만 실제로 인간이 석유나 석탄에서 뽑아 쓸 수 있는 에너지는 질량의 1억분의 1도 채 되지 않는다고 한다. 반면 원자력은 1천분의 1이나 1만분의 1까지 에너지가 되니 그 파괴력도 어마어마한 것이다. 그 원리에서 핵폭탄과 핵발전소가 태어났다. 상대성이론으로 그 힘의 비밀을 알려준 이, 누구보다 그 힘을 잘 이해했던 아인슈타인이 왜 반핵평화운동에 앞장 설 수밖에 없었는지 짐작해본다.

　장회익 선생은 물리학만의 책임은 아니라고 했다. 원칙적으로는 안다는 것은 죄가 없는데, 그것을 활용하는 데 잘못이 있었다는 것이다. 그러면서 분자생물학자이자 과학사상가인 자크 모노가 『우연과 필연』이라는 책에서 "현대사회는 과학이 가져다주는 부와 힘만 즐기면서 과학이 가져다주는 심오한 메시지에는 귀를 기울이지 않는다"고 했던 말을 들려주었다. 우리가 어떤 존재이고 어떻게 살아야 하는가 하는, 정작 의미 있는 메시지에는 세상이 온통 귀를 막고 있다는 뜻이다.

　그는 그 메시지의 해답을 찾다가 '온생명'을 만났다. 물리학 공부가 깊어지면서 자연스레 생명이란 무엇인가? 하는 근본적인 질문에 도달했기 때문이다. 그리고 생명의 신비는 '생명체 내부에 있는 것이 아니라 그 생명체 밖에서 온다'는 사실이 그가 찾은 답이었다. 그러므로 낱낱의 생명체 밖에 그것이 살 수 있도록 도와주는 '보생명'이 있고, '낱생명'과 보생명이 결합해 더는 외부 도움 없이도 생명활동을 지탱할 수 있는 단위가 '온생명'이라고 정의했다. 지구에 사는 낱생명인 우리들에게는 태양과 한 덩어리인 지구 전체가 하나의 온생명이다. 그가 자신의 나이를 40억 살이라고 한 것도 태양의 힘으로 살아가는 지구의 낱생명들이 온생명과 동일한 존재이기 때문이다.

　"온생명이 어떤 존재고 어떤 위험에 놓여있는가는 과학하는 사람들이 정직하게만 들여다보면 누구나 읽을 수 있어요. 그런데 지금 그걸 무시하고 있지요. 이대로 가면 모두가 죽는다는 걸 모르는 거예요."

그런 의미에서 역설적이게도 지금 우리가 처한 환경 문제들이 오히려 고마운 것이라고 했다. 공해를 통해 비로소 온생명이 병들었다는 사실을 자각하도록, 몸이 아프다는 신호를 계속 보내오고 있기 때문이다. 아프지 않은 사람, 통증을 자각하지 못하는 것이야말로 목숨이 위태로워지는 심각한 상황이라고 했다.

"지금 우리 앞에 닥친 문제들이 모두 온생명의 경고라고 생각하면 고마워해야지요. 그러니 원인을 바로 알고 본질적인 처방을 위해 모두가 노력해야 해요."

그것이 온생명 안에서 인간이 할 수 있는 가장 가치 있는 일이다.

문득 그가 찾은 과학의 메시지와 종교의 메시지에는 어떤 연관이 있을까 궁금했다. 그는 기독교 집안에서 성장했고, 아내와도 고등학교 시절 청주의 한 교회 남학생회 회장과 여학생회 회장으로 처음 만난 사이라고 책에서 읽었기 때문이다. 그러나 성경을 글자 그대로만 믿으라고 강요만 하는 것은 과학의 생각으로는 받아들일 수가 없었기에, 오래도록 교회 울타리를 벗어나 살고 있었다.

"요즘은 교회 안에도 비록 소수지만 생각이 열려 있고 긍정적인 역할을 하는 흐름들이 있어요. 지금은 그런 사람들과 함께하고 있어요."

고등학교를 졸업한 이래로 50년 동안 정식 교회에 소속된 적이 없었던 그는, 최근 2년째 천안의 한 교회에 나가고 있다고 했다. 기독교가 가지고 있는 긍정적인 역할을 함께 모색하는 사람들과 만났기

장
회
익

93

사진: 류관희

비가 온 뒤에 축축해진 황톳길 위에 올라서자 신발과 양말 속에
갇혀 있던 두 사람의 발바닥이 좋아라 웃는 것 같았다. 맨발로 흙
을 밟으며 부부는 황혼의 숲으로 들어갔고, 나는 신발도 양말도
벗지 못한 채 검은 아스팔트 위로 걸어 나갔다.

때문이다.

"예수님은 뭐냐, 자신이 온생명인 것을 느끼고 가신 사람이구나, 이렇게 이해하니 모든 게 풀렸어요. 결국 자신이 온생명임을 자각하고 인간이 온생명 안에서 온생명적인 삶을 살아가도록 가르치신 분이죠. 그것을 자신의 낱생명을 희생해서 가르쳤지요."

그는 다른 생명체도 내 몸의 일부라는 사실을 그대로 받아들이기만 하면 평화는 저절로 온다고 했다. 그것이 모든 종교의 참된 가르침이라고 했다. 하지만 그이 역시 머리로 이해하는 것과 마음이 행하는 일이 항상 일치하지만은 않는다고 고백했다.

"그래도 나를 낱생명으로만 이해할 때와는 많이 달라요. 내가 온생명이란 생각을 하면 나 혼자 조금 편하자고 환경을 해치고 다른 물건에 해를 끼치는 일이 편치 않거든요."

예전에는 개인의 삶에 최고의 가치를 두고 살아왔지만 지금은 내가 '온생명 안에서 잠깐 동안 활동하다 다시 온생명의 일부로 남게 되는 존재'라는 생각 때문에 인생이 더욱 소중하게 느껴진다. 이 기간 동안 온생명을 위해 뭔가를 할 수 있다면 더없이 행복하지 않겠냐고 내게 묻기까지 했다.

"그래서인지 산다는 문제가 그렇게 걱정스럽지도 않아요. 이젠 나이 들어 기력이 자꾸 떨어지니까 조금 있으면 내가 쉬게 되는구나 싶고, 그때까지 뭔가를 할 수 있다는 게 고마울 뿐이죠."

이런 말을 하는 동안 그는 정말 행복한 표정이었다. 피부도 칠순을 넘긴 사람이라고는 믿어지지 않을 정도로 맑고 깨끗했다. 온생명인 자신을 자각하고 사랑하는 힘이란 과연 저런 것일까. 그는 그저 나이에 비해 비교적 건강이 좋은 편이라고만 했다.

"공부가 하고 싶어서 공부하면 저절로 공부가 되고, 몸을 움직이고 싶어 움직이면 이게 건강에 좋은 거야. 억지로 하면 얼마나 불행해요. 지칠 때는 뭐든 그만 하는 게 좋아요."

건강과 행복의 비결 모두 하고 싶은 일을 그냥 지금 하면 되는 것이라고 했다. 누구나 알면서도 행하지 못하는 단순한 그것, 결국 현명한 사람은 무엇을 아는 게 아니라 아는 대로 행하는 사람이겠지.

창밖으로 온생명의 중심인 태양이 뉘엿뉘엿 넘어가고 있었다. 해거름이 다 되어서야 나는 자리에서 일어섰다. 선생 부부의 산책 시간이었다. 아파트 단지 앞 야트막한 산 둘레길에 황토를 깔아 놓은 산책로를 따라 맨발로 40여 분을 매일 함께 걷는다고 했다. 비가 온 뒤에 축축해진 황톳길 위에 올라서자 신발과 양말 속에 갇혀 있던 두 사람의 발바닥이 좋아라 웃는 것 같았다. 맨발로 흙을 밟으며 부부는 황혼의 숲으로 들어갔고, 나는 신발도 양말도 벗지 못한 채 검은 아스팔트 위로 걸어 나갔다.

서울로 돌아오는 KTX 좌석은 역방향이었다. 속도를 등지고 앉으니, 눈앞에서 사라져가는 풍경들을 좀 더 오래 바라볼 수 있었다. 천천히 가더라도 주변에 오래 눈길 던질 수 있다면, 그것이 온생명을 이해하는 길에 가까울 것 같았다.

뒷이야기

나는 지난 2010년 『살림의 밥상』이라는 책을 펴낸 일이 있는데, 주제넘게도 '생명을 살리고 지구를 구하는'이라는 어마어마한 부제를 달고 있었다. 그것은 '유기적 관계가 살아 있는 밥상'을 달리 표현한 말이었다. 그럼에도 나는 '생명'이란 무엇인지 자신 있게 말할 수 있을까? 늘 의심하고 있었다.

하지만 장회익 선생을 만나고 돌아온 뒤로는 자신감이 생겼다. 생명의 신비가 생명체 내부가 아닌 밖에서 온다는 그의 설명으로 모든 의문이 풀리기 시작했기 때문이다. 생명이란 낱생명과 보생명이 결합한 온생명의 단위로 존재한다는 사실은 우리 밥상에도 그대로 적용할 수 있었다. 우리의 먹거리가 되는 숱한 낱생명들 역시 그것이 잘 자라나도록 도와주는 토양과 공기, 물 등의 주변 보생명과의 관계가 건강하게 유지되어야 온전하게 길러진다. 아울러 먹거리를 둘러싼 생산자와 소비자의 관계 역시 온생명의 관점으로 이해하면 우리가 나아갈 길이 명확하게 보였다.

선생은 2014년 1월 『생명을 어떻게 이해할 것인가?』라는 책을 새로 펴냈다. 생명을 이해하는 길을 안내하겠다는 취지로 쓴 책이라고 했다. '생명의 바른 모습, 물리학의 눈으로 보다'는 부제가 달린 책의 말미에는 생애 마지막으로 후세에 꼭 남기고 싶은 글을 써달라는 청탁을 받고 썼다는 '진정 내 삶을 살기 위해'라는 이야기가 실려 있다. 그는 내 삶의 주체가 되려면 어떻게 살아가야 할 것인가에 대해 이어달리기를 예로 들어 설명한다.

"삶의 이어달리기에서 우리는 태고로부터 이어지는 삶 전체, 곧 온생명으로서의 자신과 그 일원인 낱생명으로서의 자신으로 여기에 참여한다. 이것은 '큰 나', 곧 '온생명으로서의 나'와 '작은 나', 곧 '낱생명으로서의 나'이다."

그리고 이어지는 말은 울림이 큰 희망의 메시지였다.

"우리의 삶은 아무것도 없는 무에서 시작하는 것이 아니다. 내가 태어나는 순간 이미 내 몸을 비롯하여 내 삶을 가능하게 해주는 내 주위의 많은 것들이 함께하고 있다. 그리고 이것은 단순히 부모 혹은 그 위의 몇몇 선조들에게서만 물려받은 것이 아니다. 이것은 적어도 수십억 년에 이르는 장구한 세월에 걸쳐 만들어지며 지구와 태양, 그리고 그 안의 전체 생태계가 하나로 엮여 기능하고 있는 커다란 한 생명체, 온생명의 일부이다." *

우리는 자그마치 30~40억 년의 거대한 생명의 이어달리기 끝에 '처음으로 자의식을 가진 존재로 깨어났다'고 한다.

* 장회익 『생명을 어떻게 이해할 것인가?』 247쪽 한울아카데미

그린디자이너

윤호섭

그래도
바늘만한 틈이
남아 있다

윤호섭

1943년 서울에서 태어났다. 서울대학교 응용미술학과를 졸업하고, 유명 광고회사와 대기업 디자인실 등에서 일하다 1982년부터 국민대학교 조형대학에서 교수로 학생들을 가르치기 시작했다. 국민대학교 조형대학장과 환경디자인연구소장을 지냈고, 2008년부터 시각디자인학과 명예교수로 있다. 교육과 환경, 디자인과 환경을 접목시키는 작업을 통해 '그린디자인'이란 새로운 영역을 개척해왔다. 매주 일요일 인사동에서 티셔츠 위에 환경 메시지를 담은 그림을 그려 무료로 나누어주는 일을 2002년부터 꾸준히 계속하면서 '인사동 티셔츠 할아버지'란 별명이 생겼다.

우이동에 배낭도 없이 구두 차림으로 가보기는 처음이었다. 2011년 겨울 초입이었다. 봄은 더디 와도 겨울은 성큼 앞질러 오는 곳이 산동네. 디자이너 윤호섭 교수의 작업실은 북한산 등산로 들머리에 있는 아담한 벽돌집이다. 그는 담장 없는 집 앞 길가에 나와 비행접시 같은 반사판으로 만든 태양열조리기 앞에서 물이 끓기를 기다리고 있었다. 김밥집이 즐비한 등산로 입구 대로변에서 훤히 들여다보이는 골목, 지나는 사람마다 신기한 듯 그 모습을 쳐다보았다. 아침나절 불어오는 찬바람에 제법 코끝이 찡해지는 날이었다.

"날이 갑자기 추워져서, 겨울에도 쓸 수 있는지 실험해보는 거예요."

낡은 챙 모자 밖으로 나온 흰머리와 희끗희끗한 구레나룻이 덥수룩한 사내는 호기심 가득한 개구쟁이의 표정이었다. 노인과 아이는 통하는 것처럼 오래 된 산장지기 할아버지처럼 보이기도 했다. 그러나 눈빛만큼은 알루미늄 반사판에 비친 겨울 햇살처럼 쨍했다.

"들어오세요. 여긴 잡동사니 창고 같은 곳이에요."

현관문이 길을 향해 활짝 열려 있는 집 안에는 출입구부터 폐지뭉치며 빈병 같은 물건들이 산더미처럼 쌓여 있다. 얼핏 보기에 재활

용품 수거장 같다. 실내는 허물다 만 벽체의 시멘트 벽돌이 허술한 속뼈를 내보이고, 대들보가 드러난 천장 역시 조각보처럼 이어붙인 낡은 나무판자가 얼기설기 박혀 있을 뿐이었다. 헌책방 창고처럼 벽을 가득 채운 채로 쌓여있는 책들 가운데는 그가 학생들에게 권하는 3대 필독서 『나무를 심은 사람』『월든』『마지막 거인』그리고 이반 일리치와 장일순, 스콧 니어링 같은 이들의 이름도 눈에 띄었다.

"편하게 앉으세요."

주위를 둘러보느라 어리둥절한 우리에게 그가 권한 의자는 헌옷을 가득 담아 놓은 비닐자루였다. 그는 좁은 실내에 얼마 남지 않은 빈 바닥에 털퍼덕 주저앉았다. 수납장 대신 쓰이는 낡은 냉장고가 눈길을 끈다. 부엌과 화장실의 급수시설도 끊어져 있어 마당의 수도에서 물을 길어다 쓴다고 한다. 그 집에서 유일하게 제 구실을 다하는 것은 작업용 컴퓨터뿐인 것 같았다. 대개 남들이 내다버린 것들이 이 집에 들어와 새로운 쓸모가 생겨났다.

"혼자 힘으로 집을 철거하려고 했는데 건축폐기물이 너무 많이 나와서 그냥 이대로 쓰는 거예요."

그가 대수롭지 않게 웃으며 말한다.

원래는 땅 속에 집을 짓거나 큰 나무를 심어 그 위로 올라가는 형태의 창조적인 공간을 만들고 싶었다고 했다. 지구 환경에 대한 소통과 교류의 장으로 열려 있는 작업실에 대한 구상이었다. 그러나 철거작업 자체가 엄청난 쓰레기를 만들어내고, 건축과정에서 다시 많은 에너지를 써야 한다는 것이 부담이었다. 중장비를 쓰면 반나절

이면 흔적도 없이 치워질 만큼 좁은 집이었는데도 말이다.

결국 그가 직접 망치를 들고 벽을 허물면서 리모델링 작업에 나섰다. 혼자 맨몸으로 해내기에는 무모한 일이었다. 하지만 결과적으로는 큰 공부가 되었다. 집 안의 보이지 않던 곳의 허술한 구조를 눈으로 확인했기 때문이다. '일부러 그렇게 하려고 해도 어려울 날림공사'였는데 30년 가까이 집이 버텨왔다는 사실이 오히려 놀라웠다고 했다.

"우리가 만드는 모든 물건의 안 보이는 곳을 보이는 곳보다 더 건실하게 만들려는 노력은 1인당 국민소득 2만 불 시대를 운운함에 앞서야 할 책임, 자존심이다. 우리 아이들의 미래를 위해 물려주어야 할 시급하고 절실한 정신적인 기본이다. 부끄러움을 유산으로 전해 줄 수는 없다."

- 윤호섭 '감추어진 곳의 허술한 진술' 중에서.

우이동 집을 작업실로 개조할 당시 그가 썼던 〈푸른생각〉이란 신문 연재 글의 일부다. 그는 지붕 밑에 새로운 공간을 만들어 아이들에게 '녹색공감교실'로 개방하려던 꿈을 접어야 했다. 대신 지붕이 주저앉을 수 있다는 전문가의 안전진단을 받고서 대들보를 보강한 것 말고는 옛 모습 그대로 남겨두기로 했다. 비가 새는 지붕을 보수하면서도 이미 생산이 중단된 붉은색 기와를 특별 주문하는 고집까지 부렸다. 결과적으로는 속살을 다 드러낸 우이동 작업실은 외형적인 성장만 추구했던 시대의 일그러진 자화상을 보여주는 산 교육장이 되었다. 그곳은 윤호섭 씨가 1972년, 결혼 생활 7년 만에 일곱 번 이사를 다닌 끝에 처음으로 장만한 '내 집'이었다.

그는 2008년 정년퇴임과 함께 이곳으로 작업실을 옮기면서 새로운 실험을 시작했다. 화석에너지가 고갈된 이후 어떻게 살아남을 것인가를 몸소 체험하고 있는 것이다.* 이 집에서 바닥 난방 없이 난로만으로 겨울을 두 번 났다고 했다. 집밖 도로 위에 설치해 둔 태양열 조리기도 그 실험의 한 가지다. 문득 어린 시절 동경하던 말괄량이 삐삐의 '뒤죽박죽별장'이 떠올랐다. 그의 작업실 역시 아무렇게나 쓰고 버리는 일을 당연하게 여기는 세상의 고정관념에 대한 저항의 공간이자 새로운 놀이와 상상력의 보물창고처럼 보였기 때문이다.

디자인으로 환경문제의 한 부분이라도 해결할 수 있다

디자인은 눈에 보이는 것을 그럴듯하게 잘 포장하는 일이 전부일까? 디자이너의 작업실이라면 의당 세련되고 깔끔할 것이라고 기대하는 우리에게 그의 작업실은 정말 좋은 디자인이란 무엇일까 되묻고 있는 것 같다. 그도 젊은 시절에는 지금처럼 말과 행동을 일치시켜 가며 수행하듯 나름의 디자인 철학을 가졌던 것 같지는 않다. 대학에서 응용미술을 공부하고 꽤 오랜 시간 기업의 광고디자인을 했던 자

---

* 후쿠시마 원전사고가 난 이후에는 작업실 지붕에 태양광전지판을 설치해서 만든 전기로 난로를 가동하고 있다. 태양광 발전을 설치한 뒤로는 전기가 남는데도 에너지 과소비를 줄여야만 핵발전소 건설을 막아낼 수 있다는 절박한 생각으로 생활하기 때문에 매달 한전에 내는 작업실 전기요금은 기본요금뿐이다.

사진: 류관희

우리가 만드는 모든 물건의 안 보이는 곳을 보이는 곳
보다 더 건실하게 만들려는 노력은 1인당 국민소득 2만
불 시대를 운운함에 앞서야 할 책임, 자존심이다. 우리
아이들의 미래를 위해 물려주어야 할 시급하고 절실한
정신적인 기본이다. 부끄러움을 유산으로 전해 줄 수는
없다.

신의 젊은 시절에 대해 그는 "돈을 벌고 싶어서" 그랬다고 짧게 말했다. 더 그럴듯한 말로 치장할 수 있을 텐데 그러지 않는 것이 오히려 담백해 보였다. 아버지가 전쟁 통에 북으로 끌려간 뒤 홀로 11남매를 키운 어머니의 막내아들이었던 그는 큰 누님의 젖을 먹고 자랐다고 한다. 그러나 어렵게 자랐을 성장기 때 그는 특별히 결핍감을 느끼지는 않았다고 한다. 오히려 경기도 여주로 피난을 갔던 3년 동안 시골살이는 자연과 벗하며 산 행복한 유년의 기억으로 남아 있었다. 서울사대부고 시절에는 친구들과 함께 도봉산에서 클라이밍을 즐기는 소년이었다. 틈만 나면 산으로 달려가 까칠한 바위에 매달리던 시절을 이야기할 때 그의 눈은 초롱초롱 빛났다. 굳이 '그린' 디자이너라 하지 않아도 그의 초록성정은 어린 시절부터 몸에 밴 습속이란 걸 이해할 수 있었다.

하지만 그것이 일과 생활의 모토로 자리 잡는 데는 학교의 영향이 컸다. 그는 70년대 중반까지 합동통신사 광고기획실, 대우기획 조정실 등 굴지의 기업체 광고디자인 현장에서 근무하다 1982년 대학으로 옮겨온, 당시로는 흔치 않은 이력이었다.

"학교에 가면 방학이 있으니까 좋겠다 생각했죠."

교수의 길을 선택한 것을 두고도 단지 이렇게 말한다. 그런데 실제로는 삶의 방식에 많은 변화를 가져왔다.

"기업에 있다 대학에 와서 보니 학생들 앞에서 많이 부끄러웠어요. 디자인의 역할과 책임을 따지다보니 스스로를 돌아보게 된 거죠."

그때부터 디자인을 뛰어 넘어 환경과 생태 책을 찾아 공부를 시작했고, 책 속에서 새로운 스승들을 만났다고 했다. 그는 스승을 만나기 전 자신을 '문맹'에 가까웠다고 표현하기도 한다. 남을 가르치는 사람이 자신을 부정하고 새로운 스승을 받아들이는 일은 쉽지 않을 것이다. 그런데 그가 남다른 것은 소로우나 장일순, 스콧 니어링 같은 이름난 위인들에게만 배우지 않는다는 점이다.

윤호섭 교수는 1991년 설악산에서 열린 세계잼버리대회 심벌을 디자인했는데, 그때 그에게 국내 환경운동에 대해 꼬치꼬치 물어왔던 일본 대학생 미야시마 군이 자신에게 소중한 스승이었다고 기회 있을 때마다 이야기한다. 당시 자신이 청년에게 대답해 줄 수 있는 것이 없었다는 부끄러움 때문에, 오히려 그와 지속적으로 교류하면서 환경운동에 적극적으로 나서게 된다. 그의 배움은 여기서 끝나는 것 같지 않다. 홈페이지 그린캔버스(www.greencanvas.com)를 찾아오는 어린이들과 주고받는 따뜻한 글들을 들여다보고 있으면 그이가 얼마나 열린 마음으로 끝없이 배우는 사람인지 느낄 수 있다. 아무리 훌륭한 스승이 곁에 있어도 그를 알아보고 좋은 에너지를 물에 젖는 솜처럼 빨아들일 수 있는 능력은 따로 있는 것 같다.

그가 2003년 국민대학교에 그린디자인 과정을 개설할 수 있었던 밑바탕에 이런 많은 스승들이 있었던 것이다. 그는 "디자인으로 환경문제의 한 부분이라도 해결할 수 있다는 확신"을 실천하는 새로운 배움의 장을 대학에 열었다. 그리고 이때 학생들과의 첫 수업에 흰색 방진복을 입고 방독면을 쓴 채 자전거를 타고 등장하는 퍼포먼스로 유명해지기도 했다. 지구 환경 파괴에 대한 경고를 온몸으로 디자인해 보기 좋게 광고를 한 셈이다. 뿐만 아니라 일요일이면 인사동 거리에서 헌옷을 가져오는 사람들에게 친환경 페인트로 그림을 그려주는 일을 지난 2002년부터 계속 해오고 있다.*

혹시 이런 그의 모습을 보고 환경운동가로 자신의 이미지를 잘 포장한 돌출행동이라 생각하는 사람들이 있을까. 하지만 가까이에서 본 그는 남을 가르치려는 목적보다 '지금 여기' 있는 그 자리에서 스스로 즐기고 있는 느낌이다. 실제로 늙은 페인트공 같은 차림으로 인사동에서 묵묵히 그림을 그려주는 그에게 많은 사람들이 나름 조언을 한다고 했다. 왜 이렇게 좋은 일의 취지와 목표를 정확하게 알리려 하지 않느냐, 홍보 간판 같은 것을 세워놓고 하면 더욱 좋지 않겠냐는 등 디자인을 가르치는 교수에게 훈수를 둔다고. 그는 그냥 웃어넘길 뿐이다. 그저 아이들이 '인사동 티셔츠 할아버지'를 만나 나뭇잎이나 물고기, 웃는 얼굴 등을 그린 초록빛깔 그림을 선물 받는 것, 그 순간의 교감을 기억하는 것으로 충분하다고 생각하기 때문이다. 자신은 작은 생각의 불씨 하나를 던져줄 뿐이라고. 물론 처음에는 '목적의식'을 가지고 시작한 일이었을지도 모르지만 지금은 그냥 '마음이 편해서' 하는 일이다. 똑같은 마음으로 우이동 작업실 앞 골목에서는 종종 태양열조리기로 지은 따끈한 현미밥을 김에 말아 지나는 사람들에게 먹어보라 권하기도 한다.

---

* 인사동에서 티셔츠에 그림 그려주기를 2014년까지 근 12년 동안 단 두 차례 빠졌을 뿐이라고 한다. 최근에는 인사동 퍼포먼스를 마치면 곧바로 대학로로 이동해 매주 열리는 필리핀 시장을 찾는 이주노동자들에게도 그림을 그려 선물하고 있다.

"환경이나 에너지가 어떻고 절대 그런 얘기 안 해요. 그냥 태양빛으로 요리하는 걸 신기해하던 사람들이 모락모락 김이 나는 밥을 먹고 감탄하면 좋은 거 아닌가요?"

한 가지 재미있게 느낀 것은 똑똑한 사람일수록 유난히 충고를 많이 하더라는 점이라고 했다. 문득 제자들에게 "기어라!"며 자신을 먼저 낮출 것을 강조하던 무위당 장일순 선생이 떠올랐다. 그 역시 평생 돈 한 푼 받지 않고 난을 치고 글씨를 써서 이웃들에게 나누어 주지 않았던가. 그리고 보니 윤호섭 씨가 자주 그리는 웃는 얼굴이 장일순의 미소 짓는 난초와 많이 닮았다.

우리가 멈추지 못한다 해도 멈출 수 있는 일을 해야만 해요

그는 요즈음 인터뷰를 잘 하지 않는 편이라고 했다. "실제로는 세상에 알려진 것처럼 그렇게 잘 살고 있는 사람이 아니라서…"가 이유라고 했다. 그럼에도 잘 알려져 있지 않은 잡지《살림이야기》에 마음을 내준 것은, 단지 '광고가 없는 책이라는 점이 마음에 들어서'였다고 했다. 한때 자본주의의 첨병이었던 광고업계의 디자이너가 이제는 좋은 책이 광고에서 자유롭게 해방되는 세상을 꿈꾸며 응원하고 있었다. 그는 늘 이렇게 자신만의 방식으로, 중고물품을 통해 기부를 실천하는 아름다운 가게나 환경 운동을 하는 NGO들을 돕고 있었다. 그것은 그에게서 배우고 같은 뜻으로 실천하려는 젊은 학생들의 힘이기도 했다.

사진: 류관희

"우리는 이미 문명의 고속열차 위에 올라타고 있어요. 하지만 그래도 바늘만한 틈이 남아 있다고 생각해요. 설령 우리가 멈추지 못한다고 해도 멈출 수 있는 일을 해야만 해요."

"내가 가르친다고 생각 안 해요. 그저 학생들하고 같이 모색하고 작업하는 것뿐이에요."

그는 우리 시대 물질문명을 '영적공해'의 상태라고 표현하는데, 이를 극복하기 위해 디자인이 무엇을 할 수 있을까 계속 묻는다. 그리고 학생들과 함께 길을 찾고 있다. 그가 지도하는 대학원생들의 연구주제이기도 하다. 사실 영적공해를 부추기는 데 광고와 상업 디자인이 큰 역할을 했다는 것을 부인하지 않는다. 하지만 '디자인이란 편리하고 쾌적한 생활을 만들어 내는 일의 일부분이고, 정말 좋은 디자인이란 조화롭고 자연스러운 것'이라는 데 대한 믿음은 변함이 없다.

"우리는 이미 문명의 고속열차 위에 올라타고 있어요. 하지만 그래도 바늘만한 틈이 남아 있다고 생각해요. 설령 우리가 멈추지 못한다고 해도 멈출 수 있는 일을 해야만 해요."

그가 가장 좋아하는 장 지오노의 『나무를 심은 사람』처럼 말이다. 그래서 그가 먼저 한 그루 한 그루 어린 묘목을 심듯 작은 실천들을 시작한 것이다. 사실 자동차를 없애 버리고 자전거로 우이동 집에서 정릉에 있는 대학까지 통학을 하고, 지난 10년간 대양을 건너는 비행기 여행을 하지 않겠다는 고집을 지킨 일들이 결코 작은 것은 아니다. 새천년을 맞으며 스스로 에너지독립선언을 하면서 집 안에 냉장고마저 치워버렸으니까. 24시간 내내 전기를 쓰는 냉장고를 쓰면서 지구 온난화를 막기 위해 에너지를 줄이자는 이야기가 모순이라는 생각 때문이었다. 처음에 타던 전기자전거도 20kg짜리 배터리가 쓰레기로 나오자 두 발에만 의지하는 것으로 바꾸었다. 그는 바라는 것이 있으면 그것을 향해 곧바로 "대시dash!"하는 스타일이라고 했다.

"이제는 젊은 후배들이 할 일이 더 많은데, 그린디자인 하자면서 BMW를 타고 다닐 수 없으니까 선뜻 나서지 못하는 것도 같아요."

그가 유별나 보이지만 사실 교육자라면 당연한 지행합일의 결과이다. 그러나 한집에 사는, 냉장고의 실질적인 주인인 아내에게는 큰 불편을 강요한 것 아닐까. 넌지시 아내에 대해 물었다.

"파마하는 것도 싫어하고 우이동 골짜기에서 조용히 지내는 걸 좋아하는 그런 사람이에요."

작업실로 쓰는 집에 살 때도 처음에 우물이 없어 근처 우이동 개울물에 빨래를 하고 그 물 길어다 먹으며 딸 셋을 키웠던 사람이라고 했다. 그러면서 오히려 이렇게 되묻는다. "냉장고가 꼭 있어야 한다는 게 더 이상하지 않아요?"

먹을거리를 오래 저장해두고 먹으면서 오히려 신선한 음식을 먹을 기회도 줄어들고 음식쓰레기도 늘어나지 않았느냐고. 아내는 그와 함께 생활하면서 적당히 준비해서 알뜰하게 먹고, 남는 것은 바로 이웃과 나누는 습관이 몸에 뱄다. 사실 냉장고가 생기기 전에 우리의 어머니와 할머니들이 살아오던 자연스러운 모습이었다. 인터뷰 도중 근처 식당으로 밥을 먹으러 갔을 때도 그와 함께 생활하는 제자들은 '밑반찬을 한 벌만 놓으라'는 주문부터 했다. 그리고 그이처럼 반찬접시에 남은 양념까지도 남김없이 비워냈다. 윤호섭의 제자들다웠다.

점심 식사를 마치고 돌아오니 태양빛을 한 곳에 끌어 모은 반사판이 냄비의 물을 팔팔 끓여놓았다. 우리는 과거의 햇빛을 지층 깊숙이 묻어둔 화석에너지를 꺼내 쓰고 있는 것이다. 우리 아이들의 미래에 빨대를 꽂고 흡혈귀처럼 빨아 먹고 있는지도 모른다. 나는 '뒤죽박죽 별장' 안에서 과거가 아닌 '지금 여기'로 쏟아지는 햇빛으로 데운 물로 차를 우려 마셨다. 혀끝에서 식도를 타고 내려가 가슴 속까지 따뜻해지는 기운, 그것이 윤호섭 씨가 말한 뜨거운 공명이라고 느껴졌다.

　곧이어 그의 오후 일정이 잡혀있는 대학로까지 따라가기 위해 함께 시내버스에 올라탔다. 그는 어지간한 당일 산행용 배낭보다 무거운 책가방을 어깨에 메고서 구두코가 닳은 두툼한 중등산화를 신고 빠르고 경쾌한 걸음으로 산동네를 빠져나왔다. 차창 밖으로는 그가 어린 시절 다람쥐처럼 기어오르던 도봉산의 바위들이 오후 햇살 아래 희부옇게 빛을 내고 있었다. 그이 때문에 바위를 데우는 햇빛도 그냥 흘려보내기가 아까웠다.

윤구병

우리는 더불어
살 수밖에 없어요

윤구병

1943년 전남 함평에서 태어났는데 아홉 번째 자식이라 구병이란 이름을 얻었다. 서울대 철학과와 대학원을 졸업하고, 월간 《뿌리깊은 나무》 초대 편집장을 지냈다. 충북대 철학 교수로 재직하며 어린이 그림책 기획자로 활동했다. 1996년 대학 교수직을 버리고 변산에 내려가 농사를 지으며 산살림, 들살림, 갯살림과 함께 대안교육을 펼치는 변산공동체학교를 세웠다. 보리출판사 대표이기도 하다. 『잡초는 없다』 『있음과 없음』 『실험학교이야기』 『가난하지만 행복하게』 『철학을 다시 쓴다』 등과 『올챙이그림책』 『바빠요 바빠』 『심심해서 그랬어』 같은 그림책을 썼다.

나는 철모를 때 결혼해서 일찍 엄마가 되었다. 비슷한 처지의 친구가 없어 외로웠고, 무엇을 어떻게 해야 할지 몰라 막막하기만 했다. 그런 나를 위로한 것은 그림책이었다. 세 살 난 큰 딸 아이와 뱃속의 둘째와 함께 읽고 또 읽으며 놀던 '올챙이그림책' 세트. 나는 그 중에서 『바위와 소나무』 이야기를 제일 좋아했다. 바위틈에 날아온 솔씨가 자라나면서 바위가 부서지려고 하자, "저리 가. 이제 너랑 안 놀 테야"라고 하는 바위에게 아기 소나무가 이렇게 말한다.

"나는 너를 망가뜨리는 게 아니야. 우리는 하나가 되고 있는 거야."

아기 소나무는 철없는 엄마였던 나를 다독이는 것 같았다. 눈물이 났다. 바위가 솔씨를 품는 것처럼, 생명을 기르는 일은 온 우주와 내가 하나가 되는 것이라고 조근조근 이야기 해주던 책. 올챙이그림책은 윤구병이 마흔여덟 살에 보리 기획이란 이름으로 처음 만든 것이었다.

올챙이그림책으로 태교를 한 둘째가 태어나 그림책과 친구가 될 무렵, 식구들과 함께 변산공동체학교를 방문한 적이 있다. 국립대학교 철학과 교수 자리를 버리고 막 농사꾼이 된 오십대 중반의 윤구병 선생이『잡초는 없다』라는 산문집을 낸 직후였다. 까맣게 그을린 그의 첫인상은 조금 강팍해 보였다. 그 역시 자신이 "호기심에 연락도 없이 찾아오는 이들을 되돌려 보낼 만큼 박대해가면서 농사꾼으로 거듭나기 위해 노력하고" 있던 때라고 말하던 시절이었으니 그렇게 느꼈을지도 모른다. 학문에는 밝았을지 몰라도 시골살이에서는 어린 아이와 다름없던 초보 농부 시절, 윤구병은 아직 어깨에 긴장이 풀리지 않았던 것 같다.

  그럼에도 그가 들려주는 시골살이 이야기에는 희망이 있었다. IMF 구제금융사태로 어수선하던 세상을 등지고서, 시골생활 한 해마다 비로소 철이 들고 한 살씩 새롭게 나이를 먹어간다는 이야기는 새로운 삶을 꿈꾸게 했다.『월든』의 소로우나 헬렌과 스콧 니어링 부부의 조화로운 삶을 동경하면서도 먼 나라 이야기로만 생각하던 이들에게 밀짚모자에 고무신을 신고 호미를 든 가무잡잡한 사내가 우리 곁에 있었기 때문이다. 그는 세상 어디에도 '잡초는 없다'고, 우리가 '기르는 풀'만이 아니라 '저절로 자라난 풀'들과도 사이좋게 지내자고 했다. 그러면서 잡초를 적으로 바라보고 제초제를 쓰는 폭력적인 방법 대신 풀과 함께 농사를 짓는 평화로운 해법을 보여주었다. 그것은 변산공동체 식구들이 산과 들의 백가지 약초들을 캐서 일 년 이상 발효시켰다는 효소 농사였다. 변산에 가서 처음 맛본 효소차의 새큼달큼함이 우리가 되찾아야 할 평화의 맛이지 싶었다.

  나는 그이처럼 제대로 나이를 먹으며 다시 철들고 싶었다. 그래서 흙 마당이 있는 시골로 이사를 했다. 어린 딸들을 그가 쓴『우리 순이 어디 가니』『바빠요 바빠』『심심해서 그랬어』같은 그림책 풍경 속에서 자라게 하고 싶었기 때문이다.

서로 돕고 살리는 보리출판사와 변산공동체

변산 방문 이후 십여 년이 훌쩍 지난 2011년 가을, 윤구병 선생을 다시 만나러 가는 길이었다. 그와의 약속 장소는 변산공동체도 아니고 그가 대표로 있는 파주 출판단지의 보리출판사도 아니었다. 서울에 있는 '기분 좋은 가게'로 오라고 했다. 독특한 이름의 가게는 마포구 서교동 태복빌딩 1층에 '문턱 없는 밥집'과 나란히 있었다. 가게는 기증받은 물건들을 되살려 어려운 이웃들에게 나눔을 실천하는 되살림터이고, 밥집은 주로 변산에서 길러낸 유기농산물로 밥상을 차리는데 손님이 형편껏 밥값을 내는 곳이다. 대신 고춧가루 한 점까지 남김없이 먹어야 하는 조건이 붙는다.

변산공동체와 문턱 없는 밥집 그리고 기분 좋은 가게 모두 서로가 서로를 살리고 돕는 유기적인 관계에 있다. 또 가게가 있는 태복빌딩에는 재단법인 민족의학연구원과 일하는 사람들을 위한 잡지 월간《작은책》, 한국철학사상연구회, 한국글쓰기교육연구회 같은 단체들이 한데 모여 있었다. 모두 윤구병의 숨결이 닿은 식구들로, 보리출판사의 공익기금으로 빌딩을 마련했고, 지금은 민족의학연구원에 기증한 공간에 옹기종기 모여 있다. 보리출판사의 전신인 보리기획이 올챙이그림책을 만들게 된 것도 노동운동 현장에서 일하는 후

배들을 돕기 위해서였다고 한다. 평범한 5층 건물이지만 '다른 출판
사와 경쟁하지 말고 출판의 빈 고리를 메우자. 남북의 어린이가 함
께 볼 수 있는 책을 만들자. 수익이 나면 다시 책과 교육에 되돌리자'
는 보리의 정신을 상징적으로 보여주는 공간이었다. 삭막한 도심 속
청보리밭 같은 곳이라고 할까.

　기분 좋은 가게 한 편에 멍석을 깔고 널따란 통나무를 켜서 만든
다탁을 놓은 곳에 그와 마주 앉았다. 그는 가게 이름처럼 그냥 기분
이 좋아지는 얼굴이었다. 멍석 앞에 가지런히 벗어 놓은 그의 흰 고
무신처럼 편안했다. 십수 년 만에 다시 본 그의 얼굴이 아이처럼 해
맑아진 느낌이었다.

　문득 그가 『특집 한창기』라는 책에 '뿌리깊은나무의 창간'에 대
해 썼던 글이 생각났다. 그는 첫 직장이 있던 으리으리한 삼일빌딩
에 푸른 융단이 깔려 있는 바닥을 구둣발로 밟고 다니는 게 '황송해
서' 종종 맨발로 걸어 다녔다고 했다. 윤구병은 그가 '열여섯 가지
금기를 무시하고 태어난 위험한 잡지'라고 회고했던 《뿌리깊은나
무》의 초대 편집장이었다.

　그는 방금 전 라디오 인터뷰를 마치고 달려 왔다는데, 고무신을 신
고 방송국에서부터 저벅저벅 걸어 나왔을 초로의 그와 오래 전 사무
실 초록 융단 위를 맨발로 활보하던 청춘의 그를 떠올려보았다. 다
르면서 같은 두 사람의 윤구병은 철학교수에서 농부가 되고자 부단
히 애를 썼다고 할 수 있다.

　비 때문에 유독 고생을 많이 했던 여름 한철을 보내고 났으니 변산

의 농사가 안녕한지부터 물었다.

"콩밭이랑 생강밭 매다 올라왔는데, 호미로 맬 걸 죄다 괭이로 했어요. 내 별명이 풀을 잘 매서 풀매도사예요. 그런데도 너무 힘에 부치더라구요."

그는 농부답게 대답했다.

비가 잦으니 풀들도 쓸려 내려가지 않으려고 필사적으로 뿌리를 깊게 내렸을까. 나는 궁금했다. 똑같은 비를 맞아도 왜 유독 인간이 기른 작물들이 자연재해에 더 약할까. 숲과 들에 저절로 자라난 풀과 나무들은 비가 많이 왔다고 해서 뿌리가 썩거나 병이 들지는 않는 것 같다. 그에게 물었다. 왜 그럴까요.

"사람 손을 탄 것은 다 약해요. 그래서 사람은 곡식과 가축이 서로 도와가며 살도록 구조를 만들어 놨어요. 사람도 살리고 곡식도 살리고 가축도 살려서 농사를 지어야 하는데 실제로는 그렇지 못하잖아요."

그리고는 사람 손을 너무 타면 심지어 사람도 제구실을 못하지 않느냐며 웃었다. 그것은 단순한 농사의 경험이 아니라 끝없이 세상의 본질을 탐구하는 사람의 목소리였다. 그는 이어 들판이 흉년이 들면 밤이랑 감, 꿀밤 같은 농사는 잘 된다며, 이런 나무들이 배고픔을 달래주기 때문에 '밥나무'라 부른다고도 했다. 동화작가이기도 한 그가 오래전 그림책에서 들려주던 옛이야기들처럼 윤구병의 말은 맛깔스러웠다.

변산공동체의 농사는 보통 제초제와 화학비료를 3년 이상 사용하지 않는 유기농 인준 기준보다 까다로운, 5무농법을 고집한다. 비닐

사진: 류관희

기분 좋은 가게 한 편에 멍석을 깔고 널따란 통나무를 켜서
만든 다탁을 놓은 곳에 그와 마주 앉았다. 그는 가게 이름처
럼 그냥 기분이 좋아지는 얼굴이었다. 멍석 앞에 가지런히
벗어 놓은 그의 흰 고무신처럼 편안했다. 십수 년 만에 다시
본 그의 얼굴이 아이처럼 해맑아진 느낌이었다.

은 물론이고 시장에서 파는 퇴비까지 사용하지 않을 뿐더러 기계 대신 생체에너지를 고집해 농사를 짓는다. 다섯 가지 인위적인 간섭이 없는 대신 사람과 풀, 작물, 가축이 서로를 돕고 살리도록 하는 농법이다. 녹록하지 않을 것이다. 그럼에도 16년 동안이나 그렇게 농사를 지었다는 그가 도시의 중년 사내들보다도 활기차 보였다.

그에게 변산에서 16년이란 세월에 대해 물었다. 시골살이 햇수에 따라 비로소 철이 든다던 셈법에 따르면 그는 이제 열여섯 살이었다.

"시골에서 열여섯 살이면 어른 대접을 받아요. 장가가고 독립할 만큼 철든 거지."

그리고 춘향이가 이몽룡과 뜨겁게 사랑한 이팔청춘도 열여섯 아니냐고 했다.

나도 그이처럼 제대로 나이를 먹으며 다시 철들고 싶어 흙 마당이 있는 시골로 이사했고, 꼬박 10년을 시골에서 살았다. 어린 딸들은 무럭무럭 자랐지만, 부모는 제대로 철이 들지 못했다. 그 사이 딸들은 질풍노도의 한복판에 와 있었다. 그를 만나러 오면서 열여섯 살 된 그이의 시골살이도 우리 아이들처럼 사춘기에 있는 것은 아닐까 생각했다. 그는 요즈음 일주일에 절반은 서울에서 지내고, 나머지는 변산에 있다고 했다. 혹시 그 사이 공동체의 높은 뜻에 지친 것은 아닐까 멋대로 추측도 했다. 하지만 그것이야말로 철모르는 내 생각이었다.

"그럼 철이 없지. 도시에선 맨 철없는 음식만 먹으니까."

그가 껄껄 웃는다. 그러면서 "그런데 철들면 곧 죽는다잖아요"라

윤구병

123

고 덧붙인다.

실제로 윤구병은 1943년생이다. 요즘은 '내일모레면 일흔이니 지금 당장 죽어도 자연사'인 나이라는 말을 입에 달고 산다. 변산에서는 이미 '늙었다고 재 너머로 쫓겨난 신세'라며 웃는다. 원래 절집에서도 '노스님들한테 상좌 두고 멀찌감치 뒷방에 모시는 게 가까이 있으면 잔소리가 많아지기 때문'이라고 했다. 이제는 그가 일선에서 물러나도 아무 걱정 없을 만큼 변산공동체가 튼실하다는 자부심으로 들렸다. 다만 변산공동체를 뒷받침하던 보리출판사가 어려워졌기 때문에 어쩔 수 없이 그가 도시로 나오게 된 것이라고 했다.

"보리를 믿고 있던 30, 40대 부모들과 달리 요즘 젊은 엄마들은 신자유주의와 친자본화 물결에 깊숙이 물들어 있어요."

그는 출판사가 어려움을 겪는 것은 유통자본의 힘이 커져 출판시장을 어지럽힌 탓도 있겠지만 부모들의 의식이 변한 이유도 크다고 했다.

준비 없이 엄마가 되고, 미처 돌아가는 세상에서 무엇을 어떻게 해야 할지 몰라 막막하기만 하던 때, 보리의 책들은 내게 손을 내밀어 주었다. 올챙이 그림책 속의 '솔씨'가 '바위'에게 서로를 살리며 하나 되자고 한 말은 아이가 경쟁에 뒤처지면 어쩌나 조바심이 일어날 때 크게 흔들리지 않고 중심을 잡게 해주었다. 그런데 나도 아이들도 더 이상 그림책을 보지 않으면서부터 세상의 거센 물결에 휩쓸려 백기를 든 것은 아닐까. 그의 말을 듣고 보니 먼저 내 가슴이 뜨끔했다.

생명의 본성은 자신을 나누는 것

하지만 그는 어렵다는 지금도, 희망이 보인다고 했다. 청년실업과 사회적 양극화가 심화되고 있기 때문에 오히려 젊은이들이 각성하기 시작했다는 것이다. 나는 그 말이 불편했다. 고난이 닥쳐와야만 비로소 소중한 것을 깨닫는다니! "원래 인간은 그런 존재인가요?" 그에게 따지듯 물었다.

"우리는 낮에 평탄한 길을 걸을 때는 보폭도 일정하고 팔을 휘젓는 손의 각도도 일정하지요. 그러면 몸에 자동화기제가 작동해요. 그렇게 습관이 되면 의식이 인체에 관여하지 않아요. 하지만 캄캄한 밤 산길을 걸을 때는 달라져요. 의식도 감각도 예민하게 깨어나요. 위기의 순간에 비로소 몸과 마음이 일치되는 거예요."

그러면서 집단화된 습관은 관습이 되고, 그 사회의 윤리나 도덕은 관습에서 나온다고 했다.

이어서 그는 조금 뜻밖의 이야기를 시작했다.

"소크라테스나 플라톤도 여자와 몸을 섞으면 육체의 아이를 낳지만 남자와 몸을 섞으면 정신의 아이를 낳는다 했을 정도로 고대 그리스에는 동성애가 만연했어요. 아테네 제국주의로 세상의 모든 부와 권력이 집중되었을 때 일이에요."

그곳에는 그 시대의 모순도 집중되어 있었다고 했다. 오늘날의 미국도 다르지 않다고.

"모든 생명은 자기 생존권을 지키기 위해 싸워요. 갯벌에 유조선이 침몰해 오염이 되면 소라나 게들의 암컷이 빠르게 수컷으로 전환한대요. 자발적 성전환으로 개체수를 줄여서라도 종의 생존을 이어가는 거지요."

그의 말대로라면 경쟁이 치열하고 살기가 각박해진 도시문명이 동성애를 확산시키고 있는 셈이다. 젊은이들이 출산을 꺼리는 이유도 세계사의 모순이 터질 듯 첨예해진 때문이라는 것이다.

"인류뿐 아니라 생명계 전체가 우리에게 미래가 있느냐에 대해 두려움을 느끼고 있어요."

순간 벌레에 물린 듯 정신이 번쩍 들었다. 나는 잠시 그가 본래 철학자였다는 사실을 잊고 있었다. 소크라테스를 '아테네의 등에'라 부르던 말이 생각났다.

그는 인간 중심의 환경문제만이 아니라 모든 생명이 하나로 연결되어 있다는 자각이 급격하게 늘어난 것 역시 생명계 전체의 목숨이 위태로워진 때문이라고 했다. 그리고는 '목숨'에 대해 열띤 이야기를 이어갔다. 준비된 강연이라도 하는 것 같았다.

"나무와 우리는 목숨을 주고받는 관계지요. 목숨은 들숨과 날숨이 합쳐진 말인데, 우리가 내뿜는 이산화탄소를 나무가 들이마셔서 생명활동을 하잖아요. 그러니 우리는 더불어 살 수밖에 없어요."

아울러 인류가 도시문명을 지탱하는 물질에너지로 살아남는 데는 한계가 있고 지속가능한 미래는 오로지 생명에너지에 기댈 수밖에 없다고 했다. 생명의 원리에 따라 더불어 사는, 변산 같은 생태공동체가 농촌에 더 많이 늘어나야 하는 이유도 거기에 있다고 했다.

"지금껏 인류 역사에서 도시공동체는 파리꼼뮨 이후 성공한 것이

어른

126

그는 목숨에 대해 열띤 이야기를 이어갔다. 준비된 강연이라도 하
는 것 같았다.

"나무와 우리는 목숨을 주고받는 관계지요. 목숨은 들숨과 날숨이
합쳐진 말인데, 우리가 내뿜는 이산화탄소를 나무가 들이마셔서
생명활동을 하잖아요. 그러니 우리는 더불어 살 수밖에 없어요."

없어요. 농민과 함께 하지 않으면 모두가 다 망해요."

그가 변산에 터를 잡기 시작한 1995년, 그 사이 공동체에서 아이들이 태어났고 학교가 세워졌다. 변산공동체학교는 현재 중고등 과정이 있는데 그가 앞으로 힘닿는 대로 하고 싶은 일이 산살림, 갯살림, 들살림학과가 있는 '살림대학'을 만드는 것이다. 하지만 그는 내일의 계획에 얽매여 연연하지 않는다고 했다. 지금 이대로 목숨이 다한다고 해도 이미 감사한 나이라며 껄껄 웃을 뿐이었다. 그는 조만간 출판사 살림을 다져놓고 다시 자유인으로 훨훨 돌아가기를 고대하고 있다. 공동체를 늘려가는 일이나 살림대학을 여는 일도 굳이 그가 하지 않아도 누군가는 이루리라 믿는 듯했다. 그것은 공동체에서 성장한 또 다른 윤구병들이 많이 생겨났다는 소리로 들렸다.

실제로 변산공동체에서 분가해 이웃한 곳에 세포분열하듯 새로운 공동체를 꾸려 나간 식구들이 여럿 있다. 그러나 그는 공동체 생활을 장밋빛이라고만 말하지는 않았다.

"무엇보다 사람과 사람의 관계가 참 힘들어요. 하물며 하느님이란 막강한 '백'이 있는 수도자들의 공동체도 종신서원을 할 때는 열 명 중 세 명이 겨우 남는다고 해요. 인위적인 공동체는 그렇게 힘이 들어요."

그는 변산에 대해 '느슨한 생활 공동체'일 뿐이라고 했다. 하룻동안 할 농사일을 공유하고, 밥 먹는 시간만 정해져 있을 뿐, 사람이 만든 규율이 아니라 자연이 정한 시간과 계획이 공동체를 움직이고 있다고 해야 옳다고. 그동안 많은 사람들이 들고났지만 적어도 1년 넘게 공동체에서 산 사람은 다시 도시로는 돌아가지 않았다는 사실만 자랑으로 내세울 뿐이다. 그리고 공동체가 분화해서 또 다른 공동체를 낳았듯이 생명의 본성은 그렇게 나눔에서 시작되었다는 것이 오직 그가 믿는 희망이었다.

"지구상의 생명체가 단세포 생물에서부터 출발하여, 다세포 생물로 진화하는 긴 역사 과정을 밟아왔다 칠 때, 자신을 나누어서 다세포로 발달한 것이지 않습니까? 자기 자신을 타자화하는 것에서 시작하였는데, 그것은 혼자 살아남기 힘들었기 때문일 겁니다."

- 윤구병의 존재론 강의 『있음과 없음』 중에서.

사람들은 그가 정년이 보장된 대학교수직을 버리고 변산으로 내려갔을 때 흔히 '철밥통'을 버린 용기와 결단이라고 했다. 하지만 그는 "나는 거룩한 동기 같은 거 하나도 없어요. 그저 나 편하라고 좋아서 간 거야"라며 천진한 표정을 지었다. 오히려 그는 진짜 철밥통은 오로지 자연과 함께 하는 삶 속에 있다는 것을 증명하는 사람이다. 그곳에는 정리해고나 명예퇴직도 없지 않은가. 그는 "우리보다 더 크고 위대한 자연은 더 많은 생명을 먹여 살리고 더 큰 잉여노동을 하고 있는데도 아무것도 요구하지 않는다"고 했다.

이야기는 그만하고 빨리 '행복한 물'을 마시러 가자는 그의 성화에 못 이겨 우리는 문턱없는 밥집으로 건너갔다. 그와 나눈 밥은 맛나고 술은 정갈했다. 밥집에서 쓰는 쌀과 푸성귀 대부분은 변산공동

윤구병

129

체에서 길러낸 것이니 그가 손수 차린 밥상이라고 해도 아주 틀린 말은 아니었다. 검은 얼굴이 조금 붉어질 정도로 기분 좋게 취기가 오른 그는 밥집을 나와서는 고무신을 신고 뚜벅뚜벅 걸어서 갔다. '있을 것이 있고, 없을 것이 없어야'하는 세상을 향해서.

그의 뒷모습을 보니 『월든』에서 철학교수는 있어도 철학자는 보기 드문 세상이라고 한탄했던 소로의 말이 생각났다. 윤구병은 이제 철학교수가 아니고 농부철학자였다. 소로는 "철학자가 된다는 것은 자기 삶의 문제를 이론뿐만 아니라 실제로도 해결하는 것"이라고 했다.

교회 없는 목사

이현주

남한테서 찾지 마라

이현주

1944년 충북 청주에서 태어났다. 감리교신학대학교를 졸업하고 죽변교회에서 목회를 시작했다. 2006년부터 유무형의 재산을 소유하지 않고 전국 어디서나 삶의 현장에 모여 함께 예배를 드리는 '드림실험교회'를 펼쳐보였다. 1964년 조선일보 신춘문예에 동화로 당선된 이후 동화작가, 번역문학가로 활동하고 있다. 1977년 문익환 목사와 함께 개신교를 대표해 『공동번역성서』를 만들었고, 『날개달린 아저씨』『누가 바보일까요?』『무위당 장일순의 노자 이야기』『기독교인이 읽은 금강경』등의 책을 쓰고, 『평범한 사람들을 위해 간디가 해설한 바가바드기타』등을 번역했다.

나는 그를 모른다. 하지만 하루에도 몇 번씩 그의 '말씀'을 들었다. 우리 집 화장실 휴지걸이 위에는 한동안 "휴지로 도道를 닦읍시다"는 글과 그림이 있었다. 휴지를 손바닥에 둘둘 말아서 쓰는 것은 '마음까지 병들게 하는 아주 고약한 버르장머리'라며 그 때문에 '시방 지구가 날벼락을 맞고 있는 것'이라 꾸짖고는, 휴지 두 칸으로 뒤지 쓰는 요령을 친절하게 설명한 것인데, 어떤 복음보다 울림이 컸다. 오래전 '무위당을 기리는 모임' 소식지에 실렸던 것을 오려서 벽에 붙여둔 지 햇수로 삼 년을 넘겼다. 그것 때문에 우리 집에 찾아온 손님들 사이에선 볼일 보고 나오면서 "죄송해요. 세 칸 썼어요" 하며 웃지 못 할 풍경이 벌어지기도 했다. 도는 멀리 크고 거창한 데 있지 않다는 마음가짐으로 거울삼아 부쳐둔 글인데, 보는 사람마다 뜨끔한 모양이었다.

이현주, 많은 사람들이 그를 '목사님'이라 부른다. 그러나 그는 스스로 그냥 '이 아무개'라고 한다. 나는 그가 쓴 『무위당 장일순의 노자 이야기』나 『이 아무개 목사의 금강경 읽기』 같은 책은 읽었어도, 명색이 목사인 그가 쓴 기독교 서적은 한 권도 읽지 않았다. 그것만 보아도 그를 잘 모르는 게 분명하다. 그런 이에게 어렵게 뵙기를 청했다.

제비는 하늘이 뽑는다는 뜻이죠?

"정말 죄송합니다. 제가 요즘 인터뷰를 하지 않은 지 오래되었어요. 다른 분들 부탁도 모두 거절했거든요. 이해해주세요."

정중한 사양이었다. 얼마 전에는 당분간 어떤 글도 쓰지 않겠다고 했다던 말을 들은 바도 있어 무작정 조를 수만은 없었다. 대신 설이 지나고 인사를 드리러 간다는 한알학교 교장 김용우 씨에게 함께 가자고 졸랐다. 그는 '휴지로 도 닦는 법'이 실린 무위당을 기리는 모임의 소식지를 만들던 사람이었다. 다행히 이현주 목사는 찾아오는 사람까지 막지는 않겠다고 했다. 처음 인터뷰를 청하는 전화 통화를 하고 그를 만나기까지 이 주일 넘게 기다렸다. 그 사이 마음속에서 두 가지 생각이 계속 다투었다. '목사님 뜻을 존중해야 한다, 아니다 어떻게든 마음을 움직여 말씀을 들어야 한다.' 하나는 비우고 내려놓는 길이고 하나는 내 욕심이 이끄는 길이었다.

드디어 그를 만나러 가기 하루 전날, 나는 찹쌀을 씻어 물에 담갔다. 마른 대추를 씻어 쪼개고, 가을볕에 돌처럼 단단하게 마른 황률도 물에 불렸다. 색깔을 내기 위해 팥을 삶아 붉은 팥물도 냈다. 한나절 지나자 산밤과 대추가 물을 머금고 팽팽하게 부풀어 올랐다. 이상하게 불안하고 초조하던 내 마음에도 봄물이 오르는 듯했다. 이튿

날, 아침 일찍 일어나 팥물에 흑설탕 대신 꿀만 조금 넣어 달지 않고 심심한 밥을 고슬고슬 지었다. 암 수술을 받으셨다는 사모님께 약이 되는 밥이면 좋겠다는 생각이었다. 내가 할 수 있는 정성스런 선물을 준비하고 싶었다. 하지만 생각해보면 이것 역시 남을 위한다는 마음으로 포장한 내 욕심이었다. 어떻게든 잘 보이면 마음을 열어주시지 않을까 하고.

먼저 강원도 원주시 부론면 단강리에 있는 한알학교로 찾아갔다. 남한강변 옛 단강초등학교 교정에는 단종이 유배 길에 쉬어갔다는 600년 넘은 느티나무가 있고 그 품에 대안학교가 자리잡고 있다. 이현주 목사는 '한알학교'라는 현판 글씨와 함께 선생님들에게 주는 교사훈으로 '모심 시侍'자를 직접 써 주기도 했다. 자연과 이웃과 아이들을 하늘처럼, 스승처럼 모시고 살자는 뜻을 담은 것이다. 그러고 보니 학교가 문을 연 지 얼마 되지 않아, 알을 깨고 나온 병아리와 어미 닭을 선물로 가져오던 이현주 목사 부부를 교정 먼발치에서 뵌 일이 있었다.

개교 3년째를 맞는 학교는 개학준비로 분주했다. 교장인 김용우 씨는 예술과목의 신입교사 면접을 마치고 나오는 길이었다.

"고민이에요. 두 사람 다 마음에 들어서."

이렇게 말하는 그에게 나는 좋은 일 아니냐고 덕담을 했다. 하지만 내내 그것이 걸렸다. 정말 이럴 때는 어떻게 하나를 선택해야 할까. 내가 이현주 목사를 찾아가야 할지 망설인 것도 비슷한 선택의 문제였다.

한알학교에서 남한강 지류인 황산천을 거슬러 올라가면 귀래면소 재지에 닿고, 여기서 갈미봉 산줄기를 넘으면 충주시 엄정면 추평리 에 닿는다. 서울을 떠나 경기도 강원도 충청도 세 도의 경계를 넘을 때마다 구제역 방역을 위한 소독약 세례를 받았다. 입춘도 지나고 우수를 기다리고 있을 즈음이었는데 산과 들판은 봄이 오는 것조차 두려워하고 있는 것처럼 보였다. 지난겨울 이 나라를 휩쓴 살기殺氣 가 봄기운을 타고 흘러나오지 않을까, 땅속에 파묻힌 축생들의 절규 가 맹동에 꽁꽁 얼어붙었다가 이제 아지랑이처럼 되살아나는 것은 아닐까.

논 한가운데 삼 층 석탑만 덩그마니 서 있는 폐사지에 들어선 마을 이 탑평이다. 인근 추동과 탑평이 합쳐져 추평리가 되었다. 탑이 내 다보이는 야트막한 산자락 남쪽에 정갈하고 아담한 시골집 한 채가 있었다. 대문 옆에 서있는 키 큰 오동나무 한 그루가 먼저 눈에 들어 왔다. 딸만 셋이 있는 이현주 목사의 집을 가리키는 이정표 같았다. 대문에는 판화가 이철수가 만든 문패에 다섯 식구의 이름과 집 그림 이 담겨 있었다. 이현주 목사는 청년 시절 이철수가 방황할 때 자신 의 스승인 무위당에게 이끌고 간 목자이기도 했다. 그의 집에서 동 쪽으로 산줄기 하나를 넘어가면 박달재 아래 이철수가 살고 있었다.

대문 안쪽으로 들어서니 유리창 너머로 참선하듯 가부좌를 틀고 있는 그가 보였다. 예배당보다 산골 선방에 드는 느낌이었다. 그가 지난 2006년 4월부터 2009년 말까지 '主식회사(돈으로 움직이는 株가 아니 라 주님 뜻대로 움직인다는 뜻) 드림'이란 이름으로 만들었던 교회도 이런 느낌이 아니었을까 짐작해 본다. '현존하는 어떤 종파나 교파에도 속하지 않고 예배당은 물론 교인 명부도 없고 어떤 유형무형의 재산도 일절 소유하지 않는다'는 것을 내걸고 언제 어디서나 누구와도 함께 자유로운 예배를 보았던 것이 그가 만든 '드림실험교회'였다.

그는 큰절을 하는 우리에게 맞절을 했고, 다시 두 손을 모아 인사를 건넸다. 해맑은 어린 아이와도 같은 미소가 희끗한 턱수염사이로 흘렀다. 곧이어 아내가 여린 봄꽃처럼 노르스름한 빛깔의 차를 내왔다. 남녘 진도에서 올라 온 울금이라 했다. 구수했다.

그는 먼저 인터뷰를 거절한 데 미안한 마음부터 전했다. 찾아오는 사람까지 막을 수는 없지만 자신의 괴로움을 이해해 달라는 이야기였다. 이제 어떻게 해야 할까. 그런데 마침 김용우 씨가 오전에 교사 면접을 본 이야기를 꺼냈다. 반가웠다. 저는 어떻게 해야 하나요? 내가 찾는 해답도 거기 있을 것 같았다. 정말이지 목자에게 길을 묻는 어린 양의 심정이었다.

"성경에서도 제비 뽑으라 했어요."

그의 답은 너무 간단했다. 열두 제자 중에 하나가 예수를 배반한 뒤에 그 자리를 채우는 과정에서도 제비를 뽑았다고. '그러면 뽑은 놈도 뽑히지 않은 놈도 우쭐할 사람도 없고 후회할 사람도 없다'는 것이다. 순간 머릿속으로 섬광이 번쩍이며 지나가는 듯했다.

"제비는 하늘이 뽑는다는 뜻이죠?"

나는 그에게 확인하듯 물었지만 이미 마음속으로 고개를 끄덕였다. 순간 인터뷰 때문에 고민하던 마음도 그냥 놓아버리기로 했다.

사진: 류관희

탑이 내다보이는 야트막한 산자락 남쪽에 정갈하고 아담한 시골집
한 채가 있었다. 대문 옆에 서있는 키 큰 오동나무 한 그루가 먼저
눈에 들어왔다. 딸만 셋이 있는 이현주 목사의 집을 가리키는 이정
표 같았다. 대문에는 판화가 이철수가 만든 문패에 다섯 식구의 이
름과 집 그림이 담겨 있었다.

내 삶의 근본에 플러그를 꽂자

"이런 거예요. 나는 소문을 막을 순 없다. 그러나 소문을 내지 않을 수는 있다. 나는 소문과 내는 소문은 달라요. 나는 소문은 자연스러운 거고. 꽃이 피면 향기가 나는 거고 똥 누면 냄새가 나는 거고. 근데 내가 일부러 내는 소문, 나 여기 있다, 나를 알아다오 우리 이런 거 한다 그런 거는 하지말자는 뜻이에요. 왜냐하면 자연스럽지 않아요. 자연스러운 것 이상 가는 가치가 없으니까요."

그에게는 절로 향기가 났을 따름이고, 향기 따라 나비와 벌들이 꿀 같은 말씀을 찾아 모여들었을 법한데 그는 괴로워했다. 이현주라는 이름을 버리고 자신을 이 아무개라 하던 뜻도 거기 있지 않을까 나는 짐작만 할 뿐이다.

그가 인터뷰를 사양하는 미안한 마음을 이야기하는데, 부드러우면서도 애절했다. 그의 등 뒤로 난 북쪽 창밖에 울을 두르고 있는 대숲에서 새끼 고양이들이 서로의 몸을 포개고 단잠을 자고 있다. '봄은 고양이로다'라는 시가 떠올랐다. 우리는 잠시 침묵했다.

김용우 씨가 어렵게 말문을 열어 내게 설명했다.

"제가 한알학교를 시작하면서도 '홍보하지 말자'는 다짐을 했어요. 목사님 말씀은 그런 뜻일 거예요."

이현주 목사도 '그래' 한숨처럼 내뱉으며 고개를 끄덕였다.

그들의 스승 무위당이 그랬다. 심지어 세상을 떠나며 자신의 이름으로는 아무것도 하지 말라 당부까지 했다. 그러나 무위당의 그늘을 찾는 '나는 소문과 향기'는 어쩔 도리가 없었다. 무위당의 제자로서 그들은 스스로를 돌아보며 한없이 부끄러움을 느끼고 있는지도 모르겠다. '아무것도 하지 않으면서 본래 그러한 것처럼 자연스럽게', 무위無爲당의 본을 따르는 것은 제자들 평생의 화두다. 이 얼마나 어려운 숙제일까.

이현주 목사는 요새 사람들을 만나면 줄곧 이런 이야기를 나눈다고 했다. 그러면서도 '내가 뭐하는 짓인가' 싶어진다고 했다. 곧이어 한숨처럼 내뱉는 말이 "예수가 참 외로웠겠다!"이다.

"그러면 요즘은 어떤 기도를 하세요?"

나는 겨우 이렇게 물었다. 순간 그도 외로운 모양이라고 느꼈기 때문이다.

"기도……네, 기도하지요. 뭘 원하는 기도가 있고, 소원하고 관계 없는 기도가 있고. 두 종류가 있다는 게 내 생각이에요. 내가 이렇게 되고 싶은데 내가 아직 못 된 거야. 뭘 갖고 싶은데 없어, 그러니 그걸 이루거나 달라고 하는 쪽의 기도. 또 한 기도는 그런 거 상관없이 무슨 얘기를 주고받든 관계없이 주고받는다는 사실! 기도의 내용은 상관없고 기도 자체가 중요한 거죠…… 나는 요즘은 이렇게 표현해요. 플러그 꽂는 거와 같다. 플러그를 꽂아야 불이 들어오는 것처럼, 나의 삶을, 내 근본 에너지를 충전하는 거지. 그게 기도다. ……그 두 가지 기도를 병행하는 거예요."

순간 나는 성스런 예배당 안에 있는 듯했다.

"아까 질문한 거는 앞에 기도를 물은 것 같은데?"

그가 이렇게 되묻자 나는 고개를 저었다.

"아니요, 말씀을 듣고 보니 두 가지 다 같아요."

그가 조용히 웃었다.

"그래요. 둘 다 같은 거지. 하나인데……동시에 이루어지는 거지. 지금 내 기도의 내용은 이렇게 얘기할 수 있을 것 같아요. 저를 당신의 도구로 써주십시오. 프렌치스코가 '나를 당신 평화의 도구로 써주십시오'라고 했는데, 아, 그게 마음으로, 마지막으로 내가 해야 할 기도인가보다 …… 어떻게 써야 하는지는 내가 얘기할 게 아니고 쓸 수 있는 마음이 중요한 거니까."

제비뽑기와 기도, 나는 이 두 가지 이야기를 들은 것만으로도 충분했다. 등 뒤로 쏟아지는 남쪽 창가의 봄 햇살이 나를 위한 축복 같았다.

그는 제비뽑기는 기독교인의 언어로 얘기하면 '자기들 일을 하늘이 간섭하고 하늘이 결정할 수 있게 한다. 우리는 이 두 사람을 추천하겠습니다. 결정은 당신이 하십시오'라고 설명해주었다. 어떠한 선택의 기로에서도 집단이나 개인의 문제를 그렇게 충분히 해결할 수 있다고 했다. 처음부터 하늘에 책임을 떠넘기라는 뜻은 아닐 것이다. 마지막 결정에서 마음을 비우라는 소리, 그러려면 늘 '기도'하며 깨어 있는 삶이 중요하다는 뜻 아닐까.

그러나 정말 쉽지 않은 일이다. 현실에서는 나와 생각이 다른 상대방에게는 화가 나게 마련이다. 그럴 때 목사님은 어떻게 하시나요? 나는 어린아이처럼 물었다.

"내가 저 사람을 미워하는 현실, 현상……그건 다 나한테 문제가 있다. 그렇게 받아들인다는 게 쉽지는 않죠. 우린 항상 너 때문에, 네가 그렇게 했으니까 이렇게 됐잖아 하고 탓을 돌리죠. 어려서부터 그렇게 계속 수련을 쌓은 거예요. 그게 몸에 익은 거지."

그는 웃었다. 김용우 씨는 고개를 끄덕였고, 나는 부끄러웠다.

"이미 판단을 다 하고 나서, '네가 그런 짓을 했으니까 내가 널 미워하는 거야' 하지요. 그런 생각의 밑바탕은 '난 옳아. 난 잘못이 없어'이지요. 하지만 안 그렇거든요. 그러니까 나한테 먼저 문제가 있다는 것을 인식하고, 아프지만 그걸 받아들여야 해요. 받아들일 때부터 그것을 해결할 기미가 보이는 거예요."

그러면서 벽에 걸린 무위당 선생의 글씨를 가리켰다.

"절기종타멱切己從他覓, 남한테서 찾지 마라, 이런 건데…… 글쎄, 왜 나한테 저걸 써주셨나 몰라. 허허. 내가 자꾸 남 탓하니까 그런 것 같아. 그게 제일 마지막에 써주신 글인데."

이현주 목사는 이 대목에서 가장 크게 웃었다.

"하여튼 미안합니다. 거절해서. 아까도 얘기 했지만 그렇게 본능처럼 자기를 알리고 싶은 게 있어서…… 몇 번 실수를 했는데. 저 친구가 옆에서 잘 체크해줘요. 난 미처 못 보고 그렇게 할 때도 보이는가봐, 그런 게. 저 사람이 얘기해주면 아, 맞다! 내가 또 그런 일을 했구나 하고 뉘우쳐요."

내내 우리 곁에 말없이 앉아 있던 아내를 가리키며 그가 한 말이었다. 몸이 아프기 전에는 전국 방방곡곡으로 바쁘게 다니는 남편을 위해 운전까지 도맡던 아내였다. 그는 부부가 교대로 운전하는 사람

절기종타멱(切己從他覓). 남한테서 찾지 마라. 당신이 무엇을 찾는
다면, 그게 무엇이든, 그것은 당신한테 있으니 다른 누구 또는 다른
무엇에서 찾지 말라. 물음도 답도 당신 안에 있고, 문제의 자물통도
해결의 열쇠도 당신 안에 있다는 뜻이다.

들을 보면서 늘 아쉬웠다고 했다.

"먼 길을 가는데 혼자서 힘들어 하는 거 보면 너무 미안해서……"

그에게는 아내가 거친 수풀 사이 길 안내를 하던 참 좋은 목자였던 모양이다. 아내를 바라보는 그 눈빛이 깊고도 간절했다.

우리는 마지막으로 부부의 기념사진을 찍어드리겠다고 했다. 그러나 아내가 "글쎄, 오늘은 찍고 싶지가 않네" 하자 그도 두말없이 고개를 끄덕인다. 대신 집은 마음대로 찍어도 좋다고 했다. 그러면서도 미안한 마음이 가시지 않았던지 느닷없이 옛날이야기 하나를 툭 던졌다.

1962년 그가 대학생이 되어 처음 서울에 올라와 당시 젊은이들 사이에 인기가 대단했던 김형석 교수의 강연회를 들으러갔을 때 일화였다.

"내가 맨 앞에 앉았었는데, 그날 들은 얘기는 하나도 기억 안나. 그런데 그때 사진 기자가 펑펑 앞에서 찍고, 옆에서 찍고 서너 방 플래시를 터트리더라고. 그러자 그 양반이 '거 좀 그만 찍으셔' 버럭 화를 내는 거야. 내가 사진기자 앞에서 이런 얘기 하는 거 미안하지만 그냥 있었던 얘기니까 들어주세요. 김 교수가 수습하는 말씀이 '그거 다 과거 좋아하는 거야. 인간이 지금 여기 내가 사는데 여기에 관심을 둬야지. 사진 좋아하는 거 다 지나간 과거를 그리워하는 거라고' 하던 그 장면이 기억나요."

그가 겸연쩍은 얼굴로 우리를 보며 웃었다. 사진기자에게 옛이야기를 빗대 미안한 마음을 전한 것이다.

"당신도 모르게 화를 내기는 냈지만 그 기자한테는 얼마나 미안했겠어요."

오히려 그를 그토록 미안하게 만든 우리가 부끄러울 지경이었다.

그가 선물로 준 책이 두 권 있다. 티베트의 수도승 쇼갈 린포체의 『삶과 죽음에 관한 매일 묵상』과 페르시아 시인의 이야기 『사아디의 우화정원』이다. 둘 다 그가 우리말로 옮긴 책이다. 『삶과 죽음에 관한 매일묵상』이란 책에는 "돈 받고 팔지 않습니다. 달라고 하시는 분에게 거저 드립니다"라고 쓰여 있다. 그가 만들었던 '主식회사 드림'에서 출판한 책이다. 그 책의 옮긴이 소개에 이렇게 적혀있다.

"이 아무개는 별 볼일 없는 집안에서 태어나 별 볼일 없는 생활을 하면서 환갑 진갑 다 지나갔지만 그렇다고 해서 살아온 인생을 후회하거나 부끄럽게 여기지는 않는다, 는 사실이 오히려 약간은 대견스럽다."

뒷이야기

이현주 목사를 다시 만난 것은 안타깝게도 2011년 인터뷰한 그해 9월, 사모님을 떠나보내는 장례식장이었다. 영적인 에너지를 향해 플러그를 꽂고 있는 삶은 육신의 호흡이 끊어진 뒤에도 계속 서로에 게 연결되어 있을까. 그런 믿음 때문인지 고요한 슬픔이 꽉 차 있는 곳인데도 맑은 기운이 느껴졌다. 추석을 앞둔 터라 하늘은 높고 달 빛도 투명했다.

그런데 곧이어 다가온 겨울은 참담했다. 뉴스는 허공에 몸을 던지 는 사람들의 자살 소식만 줄줄이 전했다. 그 무렵 이현주 목사님한 테 엽서 한 장을 받았다. "좋아 괜찮아 아주 잘하고 있어 당신!"이라 는 붓글씨 아래 공空이란 글자가 그림처럼 쓰여 있었다. 그걸 받아든 순간 암울하기만 하던 마음자리가 어찌나 환해지던지. 부적을 받은 것처럼 충만해진 기운을 혼자만 가질 수 없어 사진을 찍어 주위 사람 들에게 나누어주었다. 말 한 마디가 그렇게 큰 위로가 될 줄은 미처 몰랐다.

김용우 씨는 이현주 목사님이 그 즈음 만나는 사람들마다 엽서에 쓴 이야기를 반복해 들려주고 계신다 했다. 그는 전염병처럼 자살이 번져가는 세상을 지켜보면서 이대로 있어서는 안 되겠다고 생각한 것이다. 범부들은 상처喪妻한 자기 마음 다스리기도 힘들 터인데 그 는 벼랑 끝에 선 사람들을 먼저 위로하고 있었다. 어쩌면 그렇게 세 상으로 먼저 손을 내미는 것이 가장 큰 치유가 아닐까 생각했다.

'공'은 이현주 목사가 오랫동안 붙잡고 있던 화두였다. 그는 2013년 『공』- '저는 어디에도 없으면서 모든 것을 있게 하는' 이란 책을 펴내며 이렇게 이야기 했다.

"허공 같은 사람이 되고 싶었다. / 본디 허공인 나로 돌아가고 싶었다. // 그것이 몸을 입고 살아야 하는 이 세상에서 / 얼마나 가당치 않은 꿈인지 잘 알지만, / 그래도 그것이 마침내 거역할 수 없는 / 내 운명임을 이제 조금 알겠다."

시골집 공동체 '돌파리'

임락경

우리도
밥이 되어
세상을
살리게 하소서

임락경

1945년 전북 순창에서 태어났다. 초등학교 졸업 이후로는 학교 대신 직접 스승을 찾아가 삶으로부터 배우는 길을 택했다. 16세에 무등산 동광원으로 가서 이현필 선생에게 가르침을 받았고, 최흥종, 유영모 선생 등을 따라 가난하고 아픈 이들과 함께 어울려 사는 법을 배웠다. 강원도 화천 '시골집(시골교회)'에서 장애를 지닌 사람들과 함께 살며 유기농 농사를 짓고 있다. 2002년부터 줄곧 감리교교육원에서 임락경의 건강교실을 열고 있다. 화천군 친환경농업인연합 창립회장, 북한강유기농연합 초대회장을 지냈고, 정농회 회장 등을 맡았으며, 『돌파리 잔소리』『먹기 싫은 음식이 병을 고친다』『흥부처럼 먹어라, 그래야 병 안 난다』 등의 책을 썼다.

꽃내로 가는 길은 첩첩이 산이었다. 옛사람도 '구름이 가까워 옷이 젖을'만큼 산이 높다 노래했던 곳. 산이 가로 막아 봄도 더디 오는지 서울에는 라일락이 피었는데 강원도 화천華川에는 산골짜기마다 노란 버짐 같은 산수유만 겨우 얼굴을 내밀고 있었다. 화천군 사내면 광덕2리 화악산 자락에는 시골교회가 있다. 궁벽한 산마을에 있는 교회니 당연히 시골교회인데, 정작 간판에는 '시골집'이라고만 새겨놓았고, 십자가도 애써 찾아야만 보인다. 교회이니 당연히 목사가 있을 터인데 이 교회 목사는 스스로를 '촌놈', '돌파리'라 부르기를 좋아한다. 말 그대로의 돌팔이가 아니라 돌파리突破理란다. 스스로 세상 이치를 돌파해냈다는 뜻인데 그 이치를 설교대신 잔소리, 쓴 소리라며 쏟아내는 이가 바로 임락경이다.

임락경 목사의 시골집에는 식구가 많다고 했다. 한지붕 아래 한솥밥 먹는 이가 열 명이 넘는다 하고, 시도 때도 없이 드나드는 객이 많은 집이니 빈손으로 갈 수 없는 노릇인데 걱정이 앞섰다. 그는 하느님 말씀보다 음식이 약도 되고 병도 만든다는 건강법을 전하는데 바쁜 사람이니, 아무 먹을거리나 함부로 살 수 없었기 때문이다. 그런데 시골교회 가는 길에는 그즈음 흔한 딸기를 파는 노점도, 시골 읍내까지 장악한 대형 슈퍼마켓 따위도 없었다. 결국 동네 점방에 들어가 국내산 복분자로 만들었다는 음료수 박스를 마지못해 집어 들었다. 분명 복분자는 시늉만 내고 식품첨가물이 빠지지 않았을 제품일 터. 한적한 시골마을 점방에서는 음식다운 음식을 구경할 수 없었다. 신선하고 좋은 먹을거리들은 모두 대도시로 팔려나가고 시골의 곳간은 텅 비었는데도, 값싼 수입식료품들의 촉수는 온 나라 말단까지 뻗어있는 게 우리 현실이다. 이런 외양만 보면 시골 사람들은 대체 무얼 먹고 살까 생각하게 된다. 하지만 임락경 목사의 '시골집'에 와 보면 그것이 오만하고 어리석은 생각임을 깨닫게 된다.

목사 없이 살아도 농부 없인 살 수 없다

소 두 마리, 흑돼지 두 마리 그리고 십여 마리 닭들이 있는 가축우리 곁에 차를 대고 '목사님' 계신 곳을 찾는데 도통 인기척이 없다. 산비탈에 층층이 늘어선 시골교회 다락 밭에는 푸성귀는커녕 아직 봄갈이도 못한 땅들이 많았다. 더디게 오는 계절처럼 모든 게 느긋하고 평화로워 보였다. 하지만 예배당도 없는 이 광야에서 '어디로 가야 목자를 찾을 수 있을까' 이런 생각으로 두리번거리는데, 목공작업장으로 보이는 비닐하우스 안에 젊은이들이 눈에 띈다. 시골교회가 장애인들과 함께 사는 공동체라는 걸 알고 갔지만 겉보기에 그들에게서 불편함을 발견하기는 쉽지 않았다. 그 중 한 사내가 '목사님

은 산에 계신다'고 일러주었다. 산 쪽으로 올라가보니 커다란 가마
솥 여섯 개가 걸려 있는 부뚜막과 연결된 유리온실로 만든 메주 건조
장이 있었다. 그 맞은편에는 수백 개는 족히 돼 보이는(임 목사도 정확한
개수를 모른다 했다) 장항아리들이 늘어서 있었다. 산골에 고양이 오줌발
처럼 옹색하게 찾아든 봄볕을 살뜰하게 쏙쏙 빨아들일 것처럼 암팡
진 장독대였다. 이곳이 시골집의 살림밑천이다. 시골집에서는 한 해
에 농약치지 않고 기른 콩 백 가마로 메주 오천 장을 빚어 '시골집표'
된장을 만든다.

　메주를 건조시키려고 지은 온실과 장독대 사이로 땔나무를 가득
싣고 산에서 내려온 트럭이 들어서고, 이내 한 사람이 웃으며 걸어
나왔다. 그이가 웃으니 작은 눈이 아예 보이질 않을 정도로 눈가 골
깊은 주름 속에 파묻혔다. 푸근한 첫인상이 편안했다. 임 목사는 나
이로 치면 칠순을 앞둔 노인이지만 일손 귀한 시골에서 여전히 장정
몫의 일을 하고 있다. 더욱이 시골교회 식구들 가운데서 가장 노동
력이 왕성한 일꾼이다. 목회활동이 아니라 건강교실 강의 때문에 전
국을 돌아다니기 바쁜 그가 오랜만에 집에서 쉬고 있다 해서 달려왔
는데, 그는 아침부터 산에 올라가 나무 한 차를 해가지고 하산하는
길이었다.

　"메주 쑬 땔감을 짬날 때 부지런히 마련해야 하니까……"

　그의 첫마디는 평생 바지런히 제 몸을 부려 식구들을 먹여 살린 이
에게 일상의 쉼이란 이런 것이라고 말하는 듯했다.

　임 목사는 집 안에서 가장 너른 방으로 우리를 안내했다. 예배당이

사진: 류관희

그는 오늘 우리에게 진정 필요한 부활은 '지금까지의 잘못된 생활을 고치고 새 삶을 사는' 것이라고 했다. 임 목사는 농사가 생업이지만, 아픈 사람을 돕는 '사람 농사' 때문에 좀체 농한기가 없다. 그렇지만 일주일에 한 번 식구들이 한자리에 모여 형식에 얽매이지 않고 자유로이 예배를 보는 목회자로서의 근본에는 변함이 없었다.

면서 식당이고 갖은 모임 장소로 쓰는 큰 방이라고 한다. 때마침 점심 준비가 한창이었다. 널찍한 통나무 탁자 앞에서 밥 때를 기다리는 어린아이들마냥 옹기종기 모여 앉은 시골집 식구들 곁에서 그와 마주 앉았다. 딱히 인터뷰라고 할 것도 없었다. 그냥 늘 한솥밥을 먹던 식구들처럼 밥상머리 이야기가 이어졌다.

그이는 '국민학교'를 졸업하자마자 스승을 찾아 길을 나섰고 온몸으로 살아낸 과정이 곧 배움이 되어 오늘의 '목사 임락경'이 되었다고 한다. 전북 순창에서 태어나 열여섯 살 되던 해에 그는 광주 무등산 자락의 기독교 공동체 동광원을 찾아갔다. 동광원은 이현필 선생이 이끌던 자급자족하는 기독교 수도공동체로, 1948년 여순사건 뒤 전라도 지역에 급격히 늘어난 고아와 결핵환자들을 살리기 위해 그들을 품고 길렀다고 한다.

"어릴 때부터 맨날 이현필 선생님 이야기만 들었으니까 …… 빨리 커서 돌아가시기 전에 만나 뵙기라도 해야겠다는 마음이었지."

고향 교회의 오복한·배영진 장로, 농민운동을 하다 국회의원을 한 서경원 전 의원 아버지인 서재선 집사 등이 모두 이현필의 친구이자 동광원을 함께 만들어온 이들이라고 했다. 설교 때마다 '맨발의 성자'로 칭송받던 이현필의 이야기를 찬송가처럼 듣고 자란 소년은 요즘 아이들이 아이돌스타를 만나고 싶어 하는 것보다 더 간절하게 그와의 만남을 갈구했다. 임락경 목사는 신앙이 돈독했던 어른들 틈에서 자란 자신에게는 동광원을 찾아간 것이 지극히 자연스러운 일이었다고 말했지만, 듣는 이에게는 순수하게 영적인 이끌림을 따라

간 범상치 않은 '결단'으로 여겨졌다. 고기 잡던 그물을 내팽개치고 떠돌이 예수를 따라 나서는 베드로의 심정이 그런 것이었을까. 그래서 집 떠나올 때 부모님들 반응이 어땠는지 조심스레 물으니, 당시는 '가난한 농촌에서 자식이 집을 나가면 고생스런 농사꾼은 안 될 테니까 오히려 반기는 분위기였다'며 웃는다.

하지만 정작 그는 스승을 만나기 전부터 평생 농사를 짓고 살겠다고 결심했단다. 당시 사람들에게 최고의 출세는 공무원 되는 것이었다는데, "세상에 면서기는 없어도 살 수 있고, 목사 없으면 더 잘 살 수 있겠는데 농부가 없으면 당장 모두가 굶어죽겠더라"는 게 어린 시절 그의 깨달음이었다. 그는 젊은 시절 가톨릭농민회에서 열심히 활동했고, 30년 전부터는 화천 땅에서 자급하는 농사를 계속해오고 있다. 어려서는 부모님께서 하시던 전통방식 그대로 농사를 지었고, 1970년대 초 화학비료가 들어올 무렵에는 비료 살 돈도 없었기 때문에 자연히 전통유기농업을 지속할 수 있었다고 했다. 군에서 제대하고 돌아오니 정농회가 생겨 고민 없이 한평생 유기농만 해올 수 있었다고 한다. 그는 우리나라 유기농업의 살아있는 역사로 그동안 화천군친환경농업인연합 창립회장, 북한강유기농연합 초대회장, 정농회 회장 등을 지냈고, 상지대 국제유기농센터에서 외래교수로 강의하기도 했다.

그런데 임 목사는 "그냥 농사꾼만 됐으면 가족들에게 그토록 핍박받진 않았을 텐데……" 라며 웃는다. 소년 임락경이 동광원으로 갔을 당시만 해도 죽을병으로 여겨지던 '폐병쟁이'들과 한식구로 살았기 때문이었다.

"한 3년 봉사 잘하고 나도 죽을 줄 알았지. 그땐 살아서 군대까지 갈 수 있다고 꿈도 꾸지 못했으니까."

당시 이현필의 가르침은 '병원 가지 마라, 학교 보내지 마라, 원조 물자 먹지 말자'는 것이었다.

"선생님은 그때 이미 우리나라 50년 후를 내다보고 계셨던가 봐요. 미국의 속셈도 빤히 아셨던 모양이지."

오늘날 병원이 병을 만들고, 학교가 교육을 망치고 있으며, 미국의 남아도는 밀가루 원조 때문에 우리나라의 전통 농업기반과 식량자급체계가 무너진 현실을 두고 하는 이야기였다. 임락경 목사가 운영하는 건강교실의 가르침도 이런 맥락에 닿아있었다. 그는 병원 약보다 먼저 바른 먹을거리로 병을 고치라고 강조한다. 그래서 수입식품 대신 이 땅에서 제철에 나고 자란 유기농산물을 먹고 살아야 한다는 믿음으로 직접 농사를 짓는다.

그는 '국민학교'를 졸업한 뒤로는 학교 담장을 기웃거리지도 않았다. 자식들도 학교 밖에 더 큰 배움과 가르침이 있다는 믿음으로 길러왔다고 했다. 저잣거리 한가운데서만 신발을 신을 뿐 평소에는 맨발로 다닐 만큼 청빈했던 이현필 선생한테 배운 그대로 살고 싶었기 때문이다. 그런데 정작 이현필 선생은 어린 임락경이 병이 걸릴까 염려해 곁에 가까이 두지 않았다고 했다. 그래도 선생을 생전에 만난 가장 나이 어린 사람이 자신이었다는 사실을 평생 자랑으로 여기며 살고 있다.

임락경

157

그의 스승은 늘 장애인, 병자들을 곁에 두고 자연스레 어우러져 살았다는데, 지금 임 목사의 시골교회가 꼭 그랬다. 그날 처음 그곳을 찾은 우리들도 자연스레 오랜 식구라도 되는 양 밥상에 둘러앉아 함께 밥을 먹었다. 대자연의 품에서 알람 대신 해시계에 따라 일어나고, 바람과 새들의 노랫소리에 맞추어 놀듯이 일하고, 별이 돋으면 잠자리에 들며 하루하루를 감사하며 사는 시골교회 사람들과 도시에서 밤낮 없이 쫓기듯 일하며 시난고난 하는 나⋯⋯ 밥을 씹으면서 진정으로 병들고 장애를 가진 이는 과연 누구일까 생각해 보았다.

밥상에는 김장김치와 검은 통깨를 뿌린 무나물, 표고버섯 볶음 그리고 특별식으로 직접 키우던 소에서 나왔다는 천엽을 넣어 끓인 맑은 뭇국이 노란 조를 섞은 밥과 함께 나왔다. 시골집에서는 채식을 고집하지는 않는다. 유기농 농사에 필요한 퇴비를 자급하기 위해 가축을 기르고 있기 때문에, 직접 기른 고기를 특별한 날마다 살뜰하게 먹고 있다고 한다. 이날 밥상에 오른 음식들은 김치를 빼고는 모두가 심심하고 담백했다. 교회 살림살이를 맡고 있는 이애리 원장과 그와 함께 일하는 젊은 처자의 솜씨였다. 임 목사는 이애리 씨를 '스물여섯에 봉사하러 왔다가 '원장' 감투를 쓰고 교회 살림을 맡는 바람에 지금껏 눌러앉았다고만 했다. 실은 임락경 목사와 부부사이다. 이 원장의 부엌살림을 도우며 밥을 짓던 처자 역시 건강교실에 참가했다가 아예 함께 생활하면서 몸을 고치겠다며 식구가 되었다. 이렇듯 시골집 울안에서는 혈연에 얽매이지 않고 한솥밥을 먹는 사람들끼리 끈끈한 정을 나누고 있다.

우리도 세상의 밥이 되어 세상을 살리게 하소서

이날 점심밥상에 함께 둘러앉은 이들 가운데도 서울에서 임 목사를 찾아온 젊은 부부가 있었다. 이들은 임 목사의 권유로 건강을 되찾고, 불임치료로 아기까지 얻었던 체험담을 간증하듯 털어놓았다.

"목사님 말씀이 제가 전라도 사람이라 짜고 맵게 먹고 자라다가 서울에 와 살면서도 계속 그 입맛을 고치지 못하니 아프다는 거였어요. 아이를 못 갖는 것도 자궁이 차서 아기씨가 얼어버리는 거라며 꿀을 먹어 몸을 따뜻하게 하라고 하셨죠."

스스로를 꿀 먹고 얻은 아이 '봉순이' 엄마라 소개한 이의 말을 듣자니 더욱 귀가 솔깃해졌다. 자신들의 주위에는 '봉순이와 봉돌이' 부모를 자칭하는 임 목사의 추종세력들이 꽤 많다고 했다. 이들 부부에게 임 목사가 깨우쳐 준 것은 우리 몸이 자기가 살고 있는 환경과 먹을거리로 연결돼 있다는 단순한 이치였다. 제철에 제 땅에서 나고 자란 음식을 먹고, 그 땅에 사는 사람의 몸이 구석구석 막힘없이 잘 움직여야 건강을 유지할 수 있다는 것이다.

그래서 겨울이 길고 봄이 더디게 오는 동네, 강원도 화악산 자락에 있는 시골집 식구들은 서울사람들처럼 한겨울에도 푸성귀와 과일을 대놓고 먹지 않아서 오히려 건강을 지킬 수 있다고 했다. 겨울이 호되고 길어 작물 생육 기간과 농사기간도 짧은 편이라 식구들은 들판의 노동에서 한결 자유롭다. 또 추운 곳에 사는 사람들은 겨우내 가을 햇빛으로 말린 나물과 갈무리해 둔 뿌리채소와 김장김치로 밥상을 차려야 몸이 차가워지지 않고 건강을 유지할 수 있다. 그러니 도시처럼 가까운 곳에 과일과 채소가 늘 즐비한 슈퍼마켓 같은 게 없어도 고기와 계란까지 자급하는 이들은 하나도 아쉬울 게 없었다. 오히려 슈퍼마켓에서 파는 식료품 대부분이 각종 첨가물이 범벅된 가공식품이거나 먼 나라에서 오래 전에 수확된 수입 농산물이기 십상이니 독이 될 수 있는 것이다.

임 목사가 의사도 아니면서 건강교실을 열 수 있을 만큼 우리 몸에 대해 해박해진 데는 동광원 시절부터 수많은 환자들의 병수발을 하면서 모시던 최흥종 목사의 도움이 컸다. 독립운동가이기도 했던 최 목사는 소록도에 나환자갱생원을 세우는 데 앞장섰던 의사였다. 그는 평소 "한국인의 병은 미국인의 약만으로는 고칠 수 없다"는 신념으로 환자들을 치료하며, 동양의학과 서양의학의 근본적인 차이에 대해 일깨워주었다. 임 목사는 오랜 공동체 생활 속에서 이를 "쌀밥과 보리밥 먹고 자란 사람과 '빠다' 먹고 자란 사람의 병이 같지 않다"는 것으로 이해했고, 그때부터 줄곧 우리 몸과 음식의 관계로 질병을 바라보게 되었다. 결국 선조들이 강조해 온 약식동원藥食同源을 실천하는 밥상이 중요하다는 것을 깨달았다. 그러니 그가 먼저 좋은 먹거리를 기르기 위해 바른 농사를 지어야 했다.

"병이란 단지 먹을거리에서만 오는 것이 아니고, 입고 자는 우리 생활 전체 또 개인과 사회의 마음 씀씀이까지 하나로 이어져 생겨난 거예요."

그는 오랫동안 아픈 이들과 함께 생활하면서 그 시대마다 사람들이 앓는 질병이 다르다는 것을 깨달았다. 과거의 결핵 환자들은 배

사진: 류관희

고프고 가난한 사회가 낳은 질병이고, 오늘날의 암과 아토피는 환경을 파괴한 결과라는 것이다. 그가 '돌파리'라는 이름으로 건강한 생활의 복음을 전하는 데 앞장서는 것도 결국 우리 시대의 가장 아픈 곳부터 치유하려는 뜻이다. 그래서 조선시대에는 반상철폐가 우선이고, 일제 때는 독립운동, 독재정권 아래서는 민주화운동이 소중했듯이 지금은 파괴된 생태계의 재앙에서 살아남기 위해 힘을 모아야 할 때라고 했다.

"전쟁이나 굶주림 때문에 죽은 사람보다 환경파괴 때문에 보이지 않게 죽어갈 사람이 더 많은 세상이거든요."

그는 예수의 성탄이나 부활, 재림도 모두 '다시 태어나고 다시 사는 것'이라고 본다. 그래서 오늘 우리에게 진정 필요한 부활은 '지금까지의 잘못된 생활을 고치고 새 삶을 사는' 것이라고 했다. 임 목사는 농사가 생업이지만, 아픈 사람을 돕는 '사람 농사' 때문에 좀체 농한기가 없다. 그렇지만 일주일에 한 번 식구들이 한자리에 모여 형식에 얽매이지 않고 자유로이 예배를 보는 목회자로서의 근본에는 변함이 없었다.

그에게 마지막으로 "요즘 주로 무슨 기도를 하시나요?" 하고 물었다. 입담이 좋은 그는 "나는 어려서부터 기도氣道가 약해서 그런 거 잘 못해." 하며 웃었다. 그리고는 자연과 인간이 한몸임을 깨닫지 못한 채 파괴를 일삼는 현실에 대한 걱정이 주된 화두라고만 답했다.

시골교회 밥상 앞에는 면 보자기에 오색 실로 수를 놓은 기도문이 있었다.

"이 밥이 우리에게 먹혀 생명을 살리듯 우리도 세상의 밥이 되어 세상을 살리게 하소서. 한 방울의 물에도 천지의 조화가 스며있고 한 톨의 곡식에도 만인의 땀이 담겨 있으니 감사한 맘으로 먹게 하시고 가난한 이웃을 기억하며 식탐 말게 하소서. 꼭꼭 씹어서 공손히 삼키겠습니다."

살둔제로에너지하우스

이대철

자연에 깃들어 사는 이의 책임과 의무

이대철

1945년 황해도 해주에서 태어났다. 서울대학교 임학과를 졸업했고 인도네시아 산림 조사원 등으로 일했으며 취미로 시작한 목공이 손수 집을 짓는 수준으로 발전했다. 1980년대 초 경기도 용인에 전원주택을 짓고 시골생활을 시작했고, 그 경험을 『얘들아, 우리 시골가서 살자』라는 책으로 펴냈다. 첫 번째 전원생활을 바탕으로 반드시 에너지자립 주택을 짓겠다는 꿈을 가졌고, 이를 위해 15년간 독학으로 연구와 실험에 몰두해 2009년 강원도 홍천 살둔 마을에 '난방 없이 한겨울 영상 20도를 유지하는' 저에너지 패시브하우스를 지었다. 2012년 『살둔제로에너지하우스』라는 책을 펴내, 에너지절약주택의 필요성과 건축 경험 등을 나누고 있다.

1997년 겨울, IMF 구제금융 사태로 몸서리치게 춥고 무서운 날들이 시작되었다. 나는 어린 병아리 털빛처럼 따뜻한 표지의 책 한 권을 읽으며 세상의 봄을 기다리고 있었다. 『얘들아, 우리 시골가서 살자!』라는 책으로 말을 거는 이가 있었기 때문이다. '15년 동안 전원에서 살며 배운 모든 것'이란 부제가 달린 이 책은, 우리 사회에 귀농이라는 말이 아직 낯설게 들리던 그 무렵, 자신이 겪은 시골살이에 대한 보고서였다.

그로부터 10여 년이 훌쩍 지난 뒤 나는 그의 두 번째 시골집으로 직접 찾아가게 되었다. 그가 새로 지은 '살둔제로에너지 하우스'가 세간의 화제가 되고 있을 때였다. 오래 전 시골 가서 살자던 중년의 사내는 어느덧 예순을 훌쩍 넘겼고, 스스로 지은 집으로 세상을 향해 분명한 자기 목소리로 이야기하고 있었다. 어디에 사는가는 어떻게 사는가를 말해 준다고 했던가.

경칩을 이틀 앞둔 날이었다. 이대철 씨가 새로 보금자리를 튼 강원도 홍천군 내면 율전리 살둔마을 가는 길은 시간을 거슬러 겨울 깊숙이 들어가는 것 같았다. 바위 덩어리 같은 얼음장들이 계곡 구석구석을 점령하고 있었다. 서울에서 봄을 재촉하던 비는 그곳에선 진 눈깨비로 바뀌고 있었다. 내린천을 따라 구불구불 이어지는 도로에서 보이는 것은 첩첩이 앞을 가로막는 산뿐이다. 방태산과 구룡덕봉, 개인산, 숫돌봉까지 1,000m를 훌쩍 넘긴 산들이 하늘까지 높은 첩첩 울을 두르고 있다. 이대철 씨가 10년 전에 쓴 책에서 언제고 반드시 강원도 큰 산자락 품으로 들어가 살고 싶다고 했던 말이 떠올랐다. 살둔마을은 『정감록』에서 어지러운 세상의 난을 피해 살 수 있는 피장처로 꼽은 3둔 4가리 가운데 한 곳이다. 마을 이름도 '살만한 둔덕'이란 뜻이다. 그곳으로 들어온 이가 피하려고 하는 오늘날의 환란은 무엇일까.

길가에 눈에 익은 신영복의 글씨가 먼저 반긴다. '살둔제로에너지 하우스'라고 쓴 정겨운 손글씨 푯말이 아니라면 길을 지나쳐버렸을 것이다. 이대철 씨의 집은 주위 풍경 속에 숨은 듯 들어앉아 있었다. 작지 않은 규모임에도 애써 도드라지지 않으려고 노력한 흔적이 엿보였다.

"집 좀 구경하러 왔는데요?"

인적이 드문 산간 도로를 오랫동안 혼자 달려 왔는데, 어디선가 낯선 차 한 대가 불쑥 나타나 우리를 따라 들어왔다. 소문만 듣고서 무작정 집을 찾아온 사람들이었다. 이대철 씨는 2009년 1월부터 자신의 살림집을 공개하고 있었는데, 신문과 방송을 통해 입소문을 타면서 시도 때도 없이 사람들이 찾아들고 있었다. 한 달 사이 방문객만 천 명이 넘어 가족들의 정돈된 일상이 불가능할 정도였다. 결국 매주 수요일과 토요일 이틀로 손님맞이를 제한하기로 하고, 홈페이지를 통해 정중하게 안내했지만 아랑곳하지 않고 이처럼 무작정 들이닥치는 사람들이 적지 않다고 했다. 그렇다고 먼 길을 찾아 온 사람들을 내칠 수도 없는 노릇이니, 안주인은 낯선 이들을 집 안 구석구석까지 보여주고 배웅까지 한다.

"찾아오는 사람들 때문에 많이 힘드시죠?"

결국 우리의 첫 인사도 이렇게 시작될 수밖에 없었다.

석유문명의 위기를 피해 지은 살둔의 보금자리

"정부에서 에너지 문제에 너무 관심을 갖지 않으니까 저라도 팔을 걷어붙인 거예요. 많은 사람들이 배워가서 새로 집을 짓는 사람들에게라도 꼭 필요한 정보를 나눠주고 싶었어요."

그 사이 방송 촬영만 11번을 하고, 《내셔널지오그래픽》에서 취재를 나왔을 정도로 그의 집에 대한 관심은 폭발적이었다.

"내가 이제 꼭 배우 같다니까요!"

이대철 씨는 이렇게 말하면서 웃었지만, 내심 허탈하다는 투였다. 집을 찾아오는 사람들의 관심이 그가 기대했던 것과는 많이 달랐기 때문이다.

"에너지 문제를 정말 심각하게 생각하는 사람들이 없어요. 그냥 재미있는 구경거리로만 여기는 것 같아요. 강원도에 좋은 집 생겼다더라, 구경 한번 가자. 그걸로 끝인 것 같아요."

사진: 정우철

그의 집은 창을 통해 들어오는 태양빛은 물론 집안에서 발생하는 사람들의 인체활동, 주방의
조리기구와 여러 가전제품에서 나오는 열에너지까지 모두 집안 공기를 데우는 데 사용한다. 이
열을 하나도 빼앗기지 않고 집안에 가두어 두는 것이 바로 제로에너지하우스의 핵심 기술이다.

그는 원유 생산량이 정점에 달하는 '오일 피크' 이후에 닥쳐올 재앙에 대비해 제로에너지 하우스를 지었다고 했다. 평범한 시민의 한 사람이지만 이대철 씨가 느끼는 위기의식은 범지구적이었다. 아마도 용인에 처음 지었던 집, 하늘말농장에서 30년 가까이 시골살이를 하는 동안 석유에 의존하는 난방방식의 문제를 절감했기 때문일 것이다. 유명 건축가인 친구가 설계한 용인 집은 사방으로 넓게 창이 트인 전망 좋은 집이었다. 하지만 큰 창 때문에 난방과 단열 문제를 걱정할 수밖에 없었는데, 설계자는 '돈 많이 벌어서 열심히 난방하며 살면 되지'라고 했다는 이야기가 그의 책에 나온다.

"지금 이 집은 최고의 건축가가 지은 집과는 정반대에요. 우린 옛집에서 30년 동안 무지 춥게 살았어요. 생각해보세요. 전망이란 게 얼마나 우스워요. 집밖에 나가면 얼마든지 좋은 걸 보게 되는데 말이죠."

그는 이제 아름다운 풍경을 굳이 창틀 안에만 가둘 필요가 없다고 생각한다. 그리고 자신이 아무리 돈을 많이 번다고 해도 에너지를 펑펑 쓰며 아무런 가책 없이 살 수 있는 사람이 아니었다. 그래서 살둔마을에 지은 두 번째 시골집은 처음부터 스스로 구상하고 연구해서 지은 온전한 '내 집'이 되었다.

"얼마나 뜯어고쳤는지 몰라요. 고생이요? 아니 세상에 이런 재미가 또 어디 있어요. 평생 전원생활을 두 번씩 선택할 수 있는 기회가 아마 많지 않을 거예요."

그는 공사현장에서 고집을 부리는 사람들을 타이르고, 등 두드리며 일하는 것 자체도 재미였다고 말할 정도로 여유가 있었다.

살둔제로에너지 하우스는 일종의 패시브솔라하우스(passive solar house)다. 지붕에 태양열을 흡수하는 장치를 설치한 일반 태양열주택을 액티브솔라하우스라고 한다면 패시브솔라하우스는 태양을 간접으로 이용하는 방식이다. 보온병처럼 단열이 잘 되는 집, 그래서 낮동안 태양빛으로 데워진 실내공기의 열을 집 밖으로 빼앗기지 않도록 해서 난방문제를 해결하는 것이다.

"일반적으로 패시브솔라하우스가 에너지를 90퍼센드 정도 절약한다고 해요. 그러나 우리 집은 100퍼센트 절약을 목표로 지은 집이에요."

그가 제로에너지하우스라는 이름을 내걸게 된 이유다. 화석에너지뿐 아니라 완전한 에너지독립을 꿈꾸는 집이다. 그의 집은 창을 통해 들어오는 태양빛은 물론 집 안에서 발생하는 사람들의 인체활동, 주방의 조리기구와 여러 가전제품에서 나오는 열에너지까지 모두 집 안 공기를 데우는 데 사용한다. 이 열을 하나도 빼앗기지 않고 집 안에 가두어 두는 것이 바로 제로에너지하우스의 핵심 기술이다. 이것은 전혀 새로운 기술이 아니라고 한다. 단열이 잘 되도록 기본을 충실히 지켜 지은 것이 중요하다고 했다.

실제로 바깥기온이 영하 18도까지 내려가는 한 겨울에도 별도의 난방을 하지 않은 살둔제로에너지하우스 실내는 영상 22도를 유지했다. 이 사실 때문에, 지난겨울 언론들이 앞 다투어 그의 집을 소개했다. 환율폭등과 석유값 인상으로 시름하던 사람들에게 날아든 회망이었다.

"그런데 돈 많은 사람들은 이런 데 전혀 관심이 없는 것 같아요. 돈으로 영원히 에너지를 사서 쓸 수 있는 줄 아는 거지요. 하지만 석유는 곧 고갈돼요. 구체적으로 '오일탑'이 언제냐 시기에 대해 논란을 벌이고 있지만 결국 정확한 것은 지나봐야 안다는 사실이 안타까운 거지요. 그때 가서 우리나라는 돈을 주고도 기름을 살 수 없는 상황이 옵니다."

그의 집 안에는 주방과 거실 사이에 러시아에서 설계도를 가져왔다는 벽난로가 있었다. 햇빛이 들지 않는 날을 위한 보조 난방수단이지만, 시골생활의 운치를 더해주는 정서적 도구로의 역할 또한 크다. 이 벽난로 역시 내부에서 장작이 연소되면서 내뿜은 열량이 난로에 축적된 채로 36시간까지 서서히 열을 발산하도록 만들었다. 우리가 찾아간 날도 오전에 잠깐 장작 한 더미를 땠다는데, 오후 네 시가 넘은 그 시각까지도 난로의 벽에 기대보면 찜질방에 온 듯 등이 뜨듯하게 덥혀졌다.

제로에너지하우스가 외부에서 사서 쓰는 에너지는 한전에서 공급받는 전기뿐이다. 가능하면 전기도 소형풍력발전기로 대체해 조만간 완전한 에너지 자립을 희망하고 있다. 그는 기본적으로 전기가 가장 값비싼 에너지원임을 잘 알고 있다.

"이 동네 원래 이름이 새나들이, 바람골이에요. 살아보니 우리 부부가 집에서 쓰는 전기는 충분히 만들 수 있겠다고 생각했어요."

그의 말대로 창밖 데크에는 윈드쌕이 세차게 펄럭이고 있었다. 밖

이
대
철

173

은 골바람 때문에 냉랭하고 음산한데 집 안은 안온하기만 했다. 밀폐가 잘 된 보온병 같은 집이란 말이 실감났다. 그렇다면 집 안의 환기문제는 어떻게 할까, 많은 이들이 궁금해 하는 점이다. 집안에 들어와 있는 동안 창문이 꽉 막힌 새 집에 앉아 있는데도 아무런 불편함 없이 실내공기가 쾌적했다. 비밀은 천장에 돌아가는 팬과 벽면 아래쪽에 외부공기를 실내로 유입하는 환기구에 있었다. 지하실의 열회수용환기장치로 탁한 실내공기를 밖으로 배출하면서 신선한 외부공기를 실내로 공급하는 시스템이다. 천장에서 빨아들인 더운 공기가 지하실의 전열교환기를 거쳐 밖에서 들어온 찬 공기를 데우는 방식이라고 했다.

"공짜는 없어요. 들어간 에너지만큼 나오지요."

그는 자연계의 에너지 이동은 정직하다 믿고 있었다.

산이 가르쳐준 평생 공부를 나누고파

이대철 씨가 두 번째 집을 짓기까지 삶의 궤적을 보더라도 에너지보존법칙은 유효한 것 같다. 그는 자신을 '산에 미쳐서 평생 산만 다니다 이제 마지막으로 좋아하는 산기슭에 자리 잡은 사람'이라고 소개했다. 모교인 서울농대 임학과를 자칭 '산악과'라고 부르며 학창시절을 보냈던 그는 제대 후에는 인도네시아 밀림의 산림조사원으로 자원해 일하기도 했다. 아내 역시 북한산 산행에서 처음 만나 주말마다 함께 산을 오르며 애정을 키웠다고 한다. 아이들 역시 돌도 지나기

사진: 정우철

그는 독서도 일종의 '눈과 뇌의 스포츠 활동'이라고 믿는 정열적인
독서가이기도 한데, 앞으로 제로에너지하우스 관련 서적을 더 많은
사람들이 이용할 수 있는 전문도서관을 만들겠다는 꿈도 꾸고 있다.

전부터 배낭에 둘러메고 산으로 들로 데리고 다녔다. 학교보다 자연을 깊이 만나는 것이 더 큰 공부라는 믿음이 있었기 때문이다.

이대철 씨는 30년 전 서울의 아파트에서 당시로는 궁벽한 시골 땅이었던 용인으로 집을 지어 이사했고, 그 집이 새 도시의 콘크리트 숲으로 포위되자 강원도 내린천 깊은 골짜기로 들어왔다. 처음 시골살이를 결정할 때, 대기업 뉴욕 주재원으로 근무하던 중 귀국과 함께 조기퇴직을 권유받았다. 나이 마흔도 되기 전에 이른바 명예퇴직을 당한 상황이었다. 그는 그것을 불행이 아닌 기회로 받아들였고, 오랫동안 꿈꾸었던 산과 숲과 나무와 함께 사는 시골생활을 선택한 것이다. 그리고는 산이 낳은 자식인 나무의 숨과 결을 온전히 읽어내는 목수가 되었다(현재 전국 국립공원에 걸려있는 새집들 대부분 그가 만든 것인데, 한 대기업에서 전량 구매해 공원에 기증했다고 한다).

세계적인 등산교본 『마운트니어링』은 알피니스트를 일러 '산의 자유를 추구하는 사람으로 대자연의 시민권을 가지고 있다'고 말한다. 그런데 그 시민권이란 '특권과 보답'도 따르지만 '책임과 의무'도 따르는 것이라고 정의했다. 이대철 씨가 산에 깃들어 살면서 에너지자립주택을 지으려고 노력한 것 역시 대자연의 시민권자에게 부여된 당연한 책임과 의무에 따른 것이라 여겨진다. 제로에너지하우스는 그가 추구한 삶의 열정과 에너지가 고스란히 맺은 결실이다.

그의 첫 시골살이의 자전적 에세이 『애들아, 우리 시골가서 살자』라는 책은 IMF구제금융 사태 당시에도 2만부가 팔렸을 정도로 인기가 있었다. 그는 책의 인세로 받은 돈을 모두 에너지 관련 책을 사 모으는데 썼고 집을 짓기까지 3~4백 권 가까이 탐독했다. 결국 제로에 너지하우스의 실험은 그가 수많은 책과 집요하게 씨름한 독한 공부의 산물이었다. 지금도 하루에 한 권 정도의 책을 꾸준히 읽는다는 그는 독서도 일종의 '눈과 뇌의 스포츠 활동'이라고 믿는 정열적인 독서가이기도 한데, 앞으로 제로에너지하우스 관련 서적을 더 많은 사람들이 이용할 수 있는 전문도서관을 만들겠다는 꿈도 꾸고 있다.

남들이 이미 만들어 놓은 편리한 탄탄대로보다는 인적이 드문 오솔길을 찾아 걷기를 좋아하고, 가시덤불이 길을 막아서면 스스로 헤쳐 앞으로 나아가는 곤란함을 기꺼이 즐기는 사람들이 있다. 이대철 씨 역시 그런 산사람이다. 그래서 산사람들은 길이 끝나는 곳에서 비로소 등산은 시작된다고 믿는다. 그가 자연과 깊이 만나는 집을 스스로 짓기까지 지난한 여정은 스스로 길을 찾는 산사람들의 도전정신과 다르지 않아보였다. 그래서 아직도 연구 중이고 새로운 실험들이 계속 될 살둔마을의 보금자리는 '대자연의 시민권자'로서 책임과 의무를 다하려는 이들의 든든한 베이스캠프처럼 보였다.

"숲을 부수어 그 땅에 사람이 사는 집을 짓는다는 개념이 아닌, 숲에 사람이 세 들어 산다는 마음으로 집을 짓는다면 자연은 더는 파괴되지 않을 것이다. 필요 이상으로 인간의 손이 닿게 되면 자연이 스스로 만들어 놓은 파괴될 뿐 더 좋게 만들 수는 없기 때문이다." *

---

* 이대철 지음 『애들아, 우리 시골가서 살자』 45쪽, 디자인하우스 펴냄.

뒷이야기

이대철 씨는 자신의 살림집을 손님들에게 공개하면서 제로에너지하우스 건축과 관련한 모든 것을 공유하겠다는 목표를 세웠다. 그러나 그것이 '아마추어의 순수한 이상이었다는 것을 깨닫는 데 2년이 넘는 세월이 흘렀다'고 고백했다.

우선 집을 짓는 사람들이 그렇게 복잡한 과정을 알고 싶어하지도 않을 뿐더러, 기존의 보수적인 건축업계가 변화 자체를 원하지 않았기 때문이다. 무엇보다 그를 안타깝게 한 가장 큰 이유는 건축주는 물론이고 우리 사회가 에너지를 절약하는 데 여전히 별 관심이 없다는 점이었다.

그럼에도 그는 제로에너지하우스의 실험에 공감하는 사람들과 자신의 경험과 지식을 지속적으로 나누고 있다. 홈페이지를 통해 건축 도면과 집 짓는 과정을 공유해 온 것은 기본이고, 매월 1박2일 과정의 살둔제로에너지하우스 워크숍도 꾸준히 열고 있다.

그는 현재 아들 이훈 씨와 함께 에너지절약주택 보급 사업을 하고 있다. 그럼에도 그가 가장 중요하게 생각하는 것은 누구나 자신처럼 직접 자기 힘으로 집을 지을 수 있다는 사실을 널리 알려주는 일이다.

그는 "자기의 노력으로 짓는 집은 예술이고 인생 자체"라고 말한다. 최근 두 번째 집을 직접 지은 이야기를 담은 책 『살둔제로에너지하우스』를 펴내면서, 그는 세상과 자신에게 이렇게 묻는다.

"내 집을 설계하고 건축하는 것은 내 가족의 미래를 설계하는 것이다. 나 자신도 확신하지 못하는 미래를 남의 손으로, 더군다나 적지 않은 대가를 지불하면서 추진할 가치가 있을까?"*

이
대
철

---

* 이대철 지음 『살둔제로에너지 하우스』 145쪽, 시골생활 펴냄

길 위의 승려

도
법

평화를 원하면
내가 먼저
평화로워야 해요

도법

1949년 제주에서 태어나 열일곱 살에 금산사로 출가했다. 불교결사체인 '선우도량'
을 만들어 청정불교운동을 이끌었고, 1994년과 1998년 조계종 총무원장 권한대행
등을 맡아 종단 개혁과 분규를 수습하는 데 앞장섰다. 지리산 실상사 주지를 지내며
귀농학교와 작은학교를 열고 인드라망 생명공동체운동을 펼쳤으며, 2004년 3월 생
명평화 탁발순례길에 올랐다. 2011년 조계종 자성과쇄신결사추진본부 본부장을 맡
아 생명평화1000일 정진 등을 이끌고 있다. 『망설일 것 없네 당장 부처로 살게나』
『지금 당장』 등의 책을 썼다.

한강을 따라 걸었다. 여의나루에서 반포대교까지 물가를 따라 걷기를 한나절, 햇살은 따가웠고 강물은 소리가 없었다. 걷는 사람들 왼쪽으로는 강물이 흘러가고 반대편으로는 자전거 바퀴들이 굴러갔다. 강물과 자전거는 하구 쪽으로, 걷는 우리는 물길을 거슬러 오르는 방향이었다. 강물은 끊임없이 뒷 물결이 앞 물결을 밀어내면서 흘러갔고, 자전거는 페달을 밟는 사람들 근육의 힘으로 땅과 '협력'하며 굴러가고 있었다. 그렇다면 스무 명 남짓 오로지 침묵과 함께 걸었던 그 사람들을 움직인 것은 무엇이었을까. 그날 하루만이 아니라 지난 5년 동안 길 위에서 6만 3천여 명을 만나고 그들의 마음을 움직이고 더러는 조용히 함께 걷게 만들었던 힘.

2008년 9월 7일 생명평화탁발순례단의 서울순례 두 번째 날, 한강 걷기 행사에서 도법 스님을 만났다. 지난 2004년 3월, 지리산 깊은 골짜기에 아직 잔설이 남아 있었을 봄날, 누비옷에 털모자 그리고 털 달린 검정 고무신을 신고 노고단에서 내딛은 걸음은 '끝내' 그의 몸을 서울까지 옮겨왔다. 한강에서 만난 그는 커다란 밀짚모자에 등산화 차림이었다. 노고단을 떠날 때 처음 신었던 털고무신이 등산화로

도
법
183

바뀐 것만 보아도 그는 '잘 걷기 위해' 단련된 것 같았다.

그동안 잊을 만하면 한 번씩, 그가 우리 땅 어디선가 지금도 걷고 있다는 소식이, 어느 골짜기에 무슨 꽃이 새로 피고, 높은 산꼭대기에 첫 단풍이 들었다는 이야기처럼 흘러와 툭 마음을 흔들어 놓고는 했다. 언제고 어디로든 찾아가서 꼭 함께 걸어봐야지 하는 것이 나 혼자만의 사연은 아니지 않았을까. 그런데 이렇게 긴 시간이 흘렀을 줄이야. 갓 태어난 아기가 걸음마를 배워 뜀박질을 하고 유치원에 갈 정도의 세월이 흐른 뒤였다. 나는 순례단이 출발할 때 지리산 노고단에 가서 결심한 일을 마지막 목적지인 서울에 와서야 겨우 엄두를 낸 것이다.

가을볕이 따가운 일요일, 한강둔치에는 나들이 나온 사람들이 북적였다. 생명평화를 새긴 노란 조끼를 걸친 순례단은 수많은 인파들 속에 섬처럼 덩그마니 떠있는 것 같았다. 멀리서 바라만 보면 이물감이 느껴지듯 낯설었는데, 막상 그 안에 들어가 하나가 되어 걸어보니 이내 마음이 고요해졌다. 고개를 돌려 무심한 듯 스쳐지나가는 수많은 사람들을 바라보니 그들이 물결처럼 일렁이는 것 같았다. 똑같이 강물을 따라 걷고 있을 뿐인데 순례자와 산책을 하는 사람들의 파장이 다르게 느껴졌다.

문득 그가 걸어온 2만9천여 리의 길 위에서 퍼져나간 파장은 우리 사회에 어떤 울림을 주었을까 궁금했다. 물론 그것을 굳이 계량된 무엇으로 입증할 필요는 없을 것이다.

세상에 나 홀로 사는 길은 없다

한강을 따라 함께 걸어본 날로부터 꼭 일주일 남짓 지나 순례단이 성동구에서 탁발을 시작하는 날 도법 스님을 다시 만날 수 있었다. 첫 만남은 그저 조용히 그의 뒤를 따라 걸었다면 두 번째는 그가 마음을 내 사람들과 함께 걷자고 한 뜻을 듣고 싶었다. 그를 기다린 곳은 서울 성동구 행당동의 논골신협 모임방이었다. 논골신협은 1994년 강제 철거된 행당동 사람들이 주거권 싸움을 해 일구어낸 작은 마을 공동체다. 서울 한복판에 논골이란 이름이 전설처럼 느껴지듯, 누렇게 익은 벼가 물결처럼 출렁였을 들판에는 하늘 높이 꼿꼿이 고개를 쳐든 아파트들만 빼곡하게 들어차 있었다. 회색 아파트 숲으로, 지리산 생명의 숲에서 걸어 나온 작고 가무잡잡한 얼굴의 탁발승이 찾아온 것이다.

스님을 맞은 이가 먼저 에어컨을 켜도 되는지부터 물었다. 순례단 앞에서는 그런 사소한 일도 조심스러운 모양이었다.

"편한 대로 하세요. 평소 하시던 대로요."

스님이 말했다.

"다들 스님 오신다면 저렇게 긴장하고 있나 봐요?"

내가 넌지시 물었다.

"다 허상이여. 허상." 하며 그는 허허롭게 웃었다.

나 역시 처음 그를 만나기 전 순례자의 몸에서 부처님의 광배처럼 빛이 뿜어져 나오지 않을까 긴장하고 기다렸다. 하지만 스님은 오랫동안 먼 길을 걸어 온 낯선 사람이라기보다 방금 뒤뜰 텃밭에서 김을

나 역시 처음 그를 만나기 전 순례자의 몸에서 부처
님의 광배처럼 빛이 뿜어져 나오지 않을까 긴장하고
기다렸다. 하지만 스님은 오랫동안 먼 길을 걸어 온
낯선 사람이라기보다 방금 뒤꼍 텃밭에서 김을 매다
온 농부처럼 편안한 얼굴이었다.

매다 온 농부처럼 편안한 얼굴이었다.

도법, 그는 제주에서 나고 자란 섬사람이다. 수평선만 바라보던 그가 뭍으로 나와 열일곱에 전라도 김제 땅 모악산 금산사에서 출가를 했다. 김제는 우리나라에서 보기 드물게 지평선이 살아 있는 광활한 땅이다. 탁발수행은 섬에서 자란 아이가 뭍으로, 수평선을 바라보던 청년이 지평선 너머를 꿈꾸며 출가할 때부터 꿈꾸던 삶 아니었을까. 그가 사랑하고 따라 배우고자 맹세한 사내 싯다르타도 평생 길 위에서 탁발로 생을 이어갔으므로. 그래서 그의 순례는 수행자의 무거운 짐이라기보다 행복한 여행 같았다.

스님을 만나기 전 도법道法이란 이름에 대해 생각해보았다. 길道에서 진리法를 구하라는 뜻이라면, 이름에서부터 순례자의 소명을 받아 안은 것이리라. 그는 자신의 이름을 어떻게 생각하고 있을까.

"이름은 그냥 이름일 뿐이여."

선문답을 하는 것 같다.

그는 "나를 도법이라 부르려고 하는구나. 그냥 그런 거지." 하며 웃을 뿐이었다.

우리가 세상에 툭 던져지는 것처럼 그렇게 이름도 스스로의 뜻과 상관없이 어떤 인연으로 만나게 되는 것일까. 설령 그렇다 해도 그가 직접 이름을 붙이는 것들에는 각별한 생각이 담겨 있을 것이었다. 그래서 '생명평화탁발순례'라는 이름에 대해 물었다. 생명과 평화, 탁발과 순례라는 말들에 담긴 각별한 뜻이 궁금했기 때문이다. 그러자 그의 입에서 기다렸다는 듯이 술술 이야기가 터져 나왔다.

더 이상 뜬구름 잡는 선문답은 없었고, 어린 손주에게 옛이야기를 들려주는 것처럼 자상했다. 마치 그가 하고 싶은 이야기는 오직 이것뿐이란 생각이 들 정도였다.

그는 생명에 대해서 추상적이고 막연한 이야기가 아닌, '지금 여기' 함께 있는 사람들 누구나 이해할 수 있으려면 어떻게 해야 할까 많이 고민했다고 한다.

"지금 여기…… 나에게, 가장 중요한 가치가 있다면 그게 뭘까……"

그리고는 느닷없이 내게 물었다.

"뭐 같아요?"

"……"

나는 갑작스런 질문에 놀랐다. 그러자 스님이 개구쟁이 같은 표정으로 웃는다. 곁에 있던 순례단의 최종수 신부가 함께 장난을 치다 옆구리를 쿡쿡 찌르는 것 같은 투로 대신 대답한다.

"내 생명이요!"

"그래요, 내 생명이 존재하지 않는 한 어떤 것도 의미가 없고, 무엇을 추구하고 모색하는 것도 아무 소용이 없잖아요."

종교의 수행자라면, 또 고난의 길을 앞장 서 걸어간 순례자라면 목숨을 초개와 같이 버리는 위대한 결단, 비장함, 엄숙함…… 뭐 이런 고정관념들이 먼저 떠오르는데 그는 다른 이야기를 하고 있었다.

나는 그가 머리를 깎고 다시 태어난 곳이 금산사라는 사실 때문에 그 절을 세운 진표율사의 무시무시한 이야기가 먼저 떠올랐다. 온

몸을 돌로 짓이겨 팔다리가 다 떨어져나가는 망신참법亡身懺法 끝에 미륵불을 만났다는 전설을 들을 때, 고색창연하던 금산사 미륵전의 기둥과 서까래들이 어찌나 을씨년스러워 보였는지 모른다. 그런데 스님은 상처 난 어린 강아지를 핥아주는 어미 개처럼 순한 이야기만 하고 있었다.

"우리가 목숨 걸고 지켜야 할 가치가 있다면 내 생명일 수밖에 없어요. 유일무이한 가치가 있다면 이것 역시 내 생명이에요."

사실 너무도 당연한 이야기인데 그의 입을 통해 들으니 이상하게 달리 들린다. 왜일까?

"상식적으로 그렇게 소중한 게 내 생명이라면 생명에 대해 잘 알아야 할 것 아니겠어요?

내 생명이 어떻게 생겼을까요? 일반적으로 내 생명은 내 안에, 네 생명은 네 안에 각각 따로따로 분리 독립 되어 있다고 생각하죠. 아무도 의심하지 않고 너도나도 너무나 당연하게 그렇게 믿습니다. 그런데 정말 그럴까요?"

그는 이렇게 먼저 묻고서 스스로 답하는 방법으로 쉼 없이 이야기를 이어갔다.

"그렇지 않아요. 따로따로 분리 독립되어 있다고 여기는 것은 관념일 뿐입니다. 생각, 말, 글로는 분리 독립 되어 있다고 할 수 있지만 실제로 그런 생명이란 존재하지 않아요."

온 우주는 그물코처럼 얽힌 한 몸 한 생명이기 때문에 세상에 나홀로 사는 길은 없다고 했다. 함께 어울려 살게끔 태어난 존재가 바로 생명이라고.

"내 생명을 알고 나면 당연히 생명이 어떤 삶을 살고 싶은지도 알아야지요. 그래 어떤 삶을 살고 싶을까요? 물어볼 것도 없이 평화롭게 살고 싶지요. 평화롭게 살려면 마땅히 생명의 법칙과 질서대로 자신을 낮추고 비우고 나누어야 합니다. 그러면 저절로 평화로워집니다."

그 길 말고는 결코 다른 길은 없다고 했다. 결국 그가 이제껏 걸으면서 하고자 한 것은 한마디로 '생명'과 '평화'라는 각각의 단어를 '생명평화'라는 하나의 단어로 통일하는 운동이라고 했다. 생명이 없는 평화는 있을 수 없는 것이고, 평화가 없는 생명은 온전하지 못하고, 고통스럽고 불행하다는 진리를 깨우쳐주는 일.

그가 다시 물었다.

"어때요 어려운가요?"

"아니요!"

이번에는 내가 비로소 대답할 수 있었다.

그런데 그가 길 위에서 숱하게 만난 사람들 대부분이 나와 크게 다르지 않았던 모양이다. 사람들은 의외로 내 생명이 어떻게 이루어져 있는지 진지하게 생각해 본 적이 없더라고 했다. 다들 너무나 박식하고 자신감에 차 있는데도 유독 이 문제 앞에서는 벙어리, 바보가 되더라고 했다.

그는 단지 자신의 이야기를 할 뿐이었다. 나는 다른 사람들을 대신해 많은 것을 물어보아야 할 처지였는데, 그저 조용히 들을 수밖에 없었다. 그런데 귀로는 그의 소리를 듣고 있지만 가슴속에서는 자꾸 스스로에게 되묻고 있는 내 목소리가 들려왔다. 아주 이상한 대화법이었다. 그는 늘 이렇게 이야기하는 상대가 저절로 나를 내려놓고, 마음의 빗장을 풀게 만드는 것일까.

사랑한다 그래서 걷는다

스님은 탁발 이야기를 이어갔다. 진심으로 생명평화에 대한 이야기를 공감하려면 거지가 동냥질을 하듯 먼저 자신을 낮추어야겠다는 결심에서 출발한 것이 탁발이었다.

그는 평소 종교 수행자들, 특히 한국 불교에 대해 '사상과 정신은 하늘보다도 높을 만큼 고준해야겠지만, 마음가짐과 행동거지는 겸허하게 낮추어야, 더 가난해져야 한다'고 꾸짖던 사람이라 들었다. 청정불교운동을 이끄는 불교개혁의 결사체인 선우도량을 만들고, 실상사의 땅 삼만 평을 내놓아 귀농학교를 세웠고, 1998년 말에는 조계종 분규로 불교계가 어지러울 때 총무원장 권한대행으로 궂은일을 도맡아 수습하고는 미련 없이 실상사로 내려갔던 일들까지, 모두가 그런 면모를 돌아보게 만드는 일이었다.

그랬던 그가 지리산 실상사의 주지 자리마저 내려놓고 빈손으로 탁발을 시작했다. '주면 주는 대로, 없으면 없는 대로, 음식도 얻어먹고, 잠자리도 얻어 자고, 욕을 하면 욕도 먹겠다'며 길을 떠났다.

그날 저녁은 논골신협 사람들로부터 짜장면을 얻어먹었다. 스님이 고기가 든 짜장면을, 이런 소소한 염려 따위는 내려놓은 지 오래다. 그는 절밥 공양하듯이 정성껏, 플라스틱 그릇에 남은 거무튀튀한 짜장 소스까지 깨끗이 비웠다. 스님 앞에 앉은 나도 열심히 먹어보았지만 도무지 짠 소스까지 그릇을 다 비워내지는 못했다. 그리고 우리 모두가 냅킨 한 장씩을 뽑아들 때도, 그는 목에 두르고 있던 잿빛 스카프 끝자락으로 입가를 닦아내고 있었다.

"얻어먹으려면 먼저 자기를 비우고 낮추어야 해요."

그가 이야기하는 탁발의 자세는 함께 밥 한 끼를 얻어먹어 보는 것으로 이해할 수 있었다. 더구나 어려운 이웃에게서 온 음식이라 생각하면 짜장면 한 그릇이 황송하기까지 했다.

"내가 가진 밥 한 끼, 돈 천 원, 잠자리 한 번 내 주면서 조금씩이라도 자기를 나누고 비우는 일, 사람들은 그럼으로써 충만해지는 기쁨을 경험하는 거예요."

그는 탁발순례를 하며 전국 곳곳에서 음식과 잠자리를 청했지만 사실은 수많은 사람들에게 세상을 위해 무엇이든 베풀고 보시할 수 있도록 길을 열어준 것이었다. 엉겁결에 얻어먹은 나 역시 당장 무엇이라도 나누어야 하지 않을까, 밥 한 그릇이 이런 조바심을 만들었다. 탁발은 그렇게 받는 사람과 주는 사람 모두의 마음을 움직이는 힘이 있었다.

그러면 '순례'는 무엇인가.

"누군가를 찾아갈 때 가장 정성스럽게 찾아가는 몸짓이 무엇일까요? 정성스럽게 걸어서 찾아가야 우리를 만나는 사람도 성의 있게 맞아주지 않겠어요."

스님은 걷기순례를 택한 이유를 이렇게 설명했다. 차를 타고 가서 이야기 하는 것과 멀리서부터 걸어서 찾아온 사람이 말을 거는 것은 분명 다르지 않겠냐고. 그래서 그가 먼저 걸어간 것이다. 걸으면서 한 걸음 한 걸음 스스로를 다시 알아가려고, 누구를 가르치고 깨우치려고 하기 전에 스스로 먼저 자신을 똑바로 바라보려고 걷고 또 걸었던 것이다. 걷는 것이야 말로 인간이 인간답게 온전히 존재하는 구체적인 몸짓인 것이다. 그래서 스님은 지난 5년 동안 길 위에서 보낸 시간을 인생에서 가장 빛나는 한 시기였다고 말하는 모양이다.

"무엇보다 걸음 자체가 우리에게 근본적으로 중요하기 때문이에요. 걷는다는 것은 인간에게 주어진 어마어마한 천부의 권리이자 의무이기도 해요. 그런데 현대인은 그걸 모르고 걸음을 내팽개쳐버리거나 아예 빼앗긴 채 살고 있어요."

걷기가 인간 생명의 본성이라는 말에 고개가 끄덕여졌다. 어디를 가려고, 누구를 만나려고 아니면 살을 빼려고 걷는 것이 아니라 오로지 걷기만을 위해서 걸어보면 느낄 수 있다. 걷는다는 것이 얼마나 깊이 있게 자신과 대화하는 길인지.

막 사춘기에 접어 든 나의 어린 딸도 예순이 다가오는 스님과 같은 말을 했었다. 학교에서 돌아오는 길에 일부러 버스에서 내려 4km 정도를 인도도 없는 위험한 시골길을 혼자 걸어 다니길 좋아하면서 아이가 그랬다. "엄마, 난 걸으면 생각이 많아져서 좋아." 나는 그때 아이가 비로소 껍질을 깨고 세상으로 나온다고 생각했다. 거울 속에 비친 모습 그 너머 내면의 자아를 만나고 싶어 하는, 그런 나이가 된 것이라 느꼈기 때문이다. 그런데 오늘 우리에게 존경받는 큰 스님조차 여전히 걸으면서 깨우쳐야 할 무엇이 남아있다고 말하고 있었다.

그는 평소 '출가인이 가야 할 길은 조용하게, 고상하게, 편안하게, 안전하게, 순탄하게' 가는 것이 아니라고 말해왔다. 그렇다고 자신이 걸어온 길에 대해 요란스레 목소리를 높이지도 않았다. 그저 처음 순례를 시작할 때 사람들이 생소하게만 생각하던 '생명평화'라는 말이 이제는 누구나 생명과 평화를 이야기하지 않으면 뒤처지는 사람처럼 보이게 될 만큼 달라진 것이 변화가 아닐까, 조심스럽고 담담하게 말할 뿐이었다.

"아마 이러다 인생이 끝날 것 같아요. 평생 생명평화 이야기만 해도 모자랄 테니까 ……"

그리고 또 웃는다. 참 맑은 눈이다.

일찍이 사부대중이 함께 유기농업으로 자연과 사람이 함께 사는 인드라망 공동체를 일구어 가던 평화로운 절집, 그곳 실상사에서 걸어 나온 사람. 네가 없으면 내가 없기에, 너의 평화를 지키기 위해 내가 먼저 평화가 되어야 했기에, 그가 어두운 길에서 만나는 사람들에게 등불 하나씩 건네주며 이 땅의 남쪽에서부터 걸어 왔다. 결국 사랑하니까 떠났던 사람, 인간이 이룰 수 있는 더 큰 사랑을 위해 수행자의 길을 떠났던 청년 도법이, 환갑이 지나도록 길 위에서 계속 걷고 있었다.

🌸 뒷이야기

　그저 탁발을 하며 걸었을 뿐 그가 우리에게 주장하고 강요한 바는 없었다. 그 모습을 보면서 세상 사람들은 제 깜냥에 따라 외면하기도 하고, 무덤덤하게 봐 넘기기도 하고, 더러는 부채감을 느끼기도 하고 또 어떤 이들은 선뜻 따라 걷기도 하면서 제 나름의 공부를 했을 것이다.

　참으로 고약한 세상을 향해 그렇게 나약하고 답답해 보이는 방식으로 무슨 변화를 만든다는 것일까? 처음에는 걷는 그를 보며 의아해하는 사람들도 많았다. 그런데 이제 세상을 향한 걷기는 뜻을 세우는 방편이자 그 자체로 목적이 되었다. 떨어지는 물방울이 바위를 뚫는 것처럼 탁발순례는 견고한 세상에 틈을 만들면서 그렇게 끝이 났다. 그리고 곳곳에서 새로운 형태의 순례는 계속 되고 있다.

　길 위에서 돌아온 도법은 지난 2011년 대한불교조계종 자성과쇄신결사추진본부장이란 자리를 맡았다. '자성' '쇄신' '결사' '추진' 각각의 이름값도 참 무겁다. 그만큼 조계종단의 자존감과 신뢰가 땅에 떨어졌다는 자기반성에서 나온 것이리라. 결사발원문은 이렇게 말하고 있다.

　"일찍이 부처님은 뭇 생명의 안락과 행복을 위해 발심하고 출가하고 수행하였으며, 성도하고 전법하고 열반하였습니다. 어느 한 순간도 자신을 위해 살지 않았습니다. 그런데 저희들은 나, 우리 집, 우리 종단, 우리 불교만을 위해 살아왔습니다. 부처님의 삶과 가르침에 어굿나는 길을 걸어왔습니다. 부처이신 그대여, 시민이여, 생명이여, 자연이여! 오늘부터 새롭게 태어나겠습니다."

그러면서도 그는 종종 다시 길 위에 섰다. 2014년에도 '화쟁코리아100일' 순례를 통해 제주도에서부터 전국으로 갈등과 대립의 현장들을 찾아다녔다. 좌우가 함께 하는 합동위령제 등을 지내며 서울까지 걸어서 올라온 것이다. 스님은 '화쟁'에 대해 "우리는 죽으나 사나 함께 살아야 하는 사람이라는, 전제가 중요하다. 이보다 더한 진실은 없다"고 강조한다. 처음 순례에 나서게 한 '생명평화'가 우리 시대의 화두였다면 '화쟁'이란 그 생명평화를 꽃피우기 위한 전제조건이다. 그래서 더 어려운 일인지도 모른다. 머리로 이해한 것을 손발로 옮기기까지 얼마나 오랜 시간이 필요할까.

조계종 자성과쇄신결사추진본부가 있는 서울 조계사 앞마당에는 2012년 3월 28일부터 '생명평화1000일정진단'이 세워졌다. 2014년 12월 22일 회향을 목표로 한 사람이 한 시간씩 매일 12시간을 1000일 동안 릴레이 기도를 할 수 있게 꾸며진 작은 방이었다. 처음에는 조계사 일주문 옆에 세웠던 것을 지난 2014년 6월 경내로 옮기면서 세월호참사 참회를 위한 발원과 생명평화 기도를 함께 하고 있었다. 연일 조계사와 지척으로 있는 광화문광장에서 세월호 유가족들의 특별법제정을 위한 단식농성과 행진, 촛불집회 등으로 분출되는 분노로 세상이 뜨거울 때, 나는 조용히 그곳으로 찾아가 보았다. 정진단은 광장의 분노나 조계사 경내에 모여드는 기복신앙 사이에서 고립된 섬처럼 보였다. 이렇게 외로워 보이는 기도가 과연 무슨 힘이 있을까. 나는 끝없이 의심하면서도 궁금한 마음을 안고 정진단 안에 발을 들여놓았다. 비록 한 시간이지만 혼자 오롯이 비우고 내려놓으며 마음을 모으는 일에는 분명 말로 표현하기 힘든 무엇이 있었다.

길 위의 신부

문규현

힘없는 하느님 위해 우리가 힘을 모아야죠

문규현

1949년 전북 익산에서 태어났다. 1976년 천주교 전주교구에서 사제 서품을 받았고, 1987년 미국 메리놀 신학대학원에서 석사 과정을 마쳤다. 천주교정의구현사제단 대표로 1989년과 1998년 방북 이후 국가보안법 위반 혐의로 두 차례나 구속되었고, 이후로는 새만금 갯벌 살리기, 부안핵폐기장 반대 현장 등에서 생명과 평화를 지키기 위해 헌신했다. 2011년 1월 주임신부로 있던 전주시 평화동성당에서 은퇴 후 새로운 사목활동을 준비하고 있다. 지금까지 정의구현사제단 공동대표, 평화와통일을 여는사람들 상임대표, (사)생명평화마중물 이사장 등을 맡았다.

새벽하늘이 유난히 부윰했다. 열대야 때문에 해가 뜨기 전부터 대기가 끈적끈적했던 탓이다. 서둘러 남쪽으로 가는 고속버스에 올랐다. 차는 빠르게 달리고 동이 터오는 것은 더뎠다. 문규현 신부가 집전하는 오전 미사 시간에 맞추려고 서울에서부터 전주로 가는 길이었다. 약속보다 먼저 도착해 교회당 안에서 그를 만나고 싶었다. 알람시계도 없이 절로 눈이 떠진 채 새벽길을 나선 나는 어떤 부름을 받은 기분이었다.

　길 위에서, 이 땅의 사제가 단풍처럼 남하했던 길과 봄꽃처럼 북상한 길들에 대해 오래 생각했다. 2009년 8월 15일이면 문규현 신부가 임수경 씨의 손을 잡고서 군사분계선을 넘어 남하한 지 20년째 되는 날이었다. 그를 만나러 간 것은 그 하루 전날이었다.

　"하느님 아버지, 누구라도 제 고장, 제 부모를 찾고자 하는 이들이 자유롭게 이 선을 넘나들 수 있는 내일을 살아갈 수 있도록 축복의 땅이 되게 하옵소서."

　20년 전 그의 기도는 아직도 요원하다. 그래서일까, 그는 38선 남쪽으로 내려온 뒤로는 줄곧 북쪽으로 향하는 길 위에서 살고 있다.

문규현

201

2003년 3월에는 전북 부안 해창갯벌에서부터 서울까지 65일 동안 세 걸음마다 한 번씩, 대략만 계산해도 50만 번 이상 절을 하며 걸었다. 2008년 9월에는 지리산 노고단에서 출발해 계룡산과 서울을 지나 이북의 묘향산으로 가기 위해 124일 동안이나 자벌레처럼 기었다. 삼보일배에서 오체투지로, 남쪽에서 북쪽으로 가는 그의 길은 점점 더 더디고 간고한 방식으로 변했다. 그의 길은 춥고 외롭고 가난한 사람들이 있는 '생의 북쪽'을 향할 뿐이었다.

전주 평화동에 있는 성당에 도착해 제일 먼저 눈에 띈 것은 근조라고 쓰인 검은 플래카드에 '민주주의 회복과 생명평화를 위한 미사'가 매일 오전과 저녁미사에 봉헌된다는 안내문이었다. "용산 참사 수사기록 3000쪽을 공개하라"는 내용도 눈길을 끌었다. 새벽부터 용산이 있는 서울에서 전주까지 달려왔는데, 이 먼 곳에서도 이렇게 마주할 수밖에 없는 우리 모두의 아픔이었다. 먹먹한 기분으로 막 성당 계단을 올라서고 있을 때 휴대전화가 울렸다.

"저는 이제 미사 드리러 들어갑니다. 전화를 받을 수 없으니 서둘지 마시고 편안히 내려오세요."

문규현 신부의 다정하고 사려 깊은 목소리였다. 나는 "예"하고 본의 아니게 거짓 대답을 하고, 총총 성당 안으로 들어섰다. 흰 사제복 위에 붉은 망토를 걸친 그가 제단에 올라가 두 손을 높이 들어 신도들을 향해 인사했다.

"찬미 예수님! 더우시죠? 추운 겨울을 잘 견디려면 이 여름을 덥게 보내야 한대요."

8월 14일, 성 막시밀리아노 마리아 콜베 사제 순교자 기념일 미사는 이렇게 시작되었다. 아우슈비츠의 성자로 불리는 콜베 사제는 독일의 폴란드 침공 당시 수용소에서 한 탈옥수를 대신해 아사감방에 들어가 옥사한, 목숨을 걸고 평화와 사랑을 실천한 성인이었다. 지금 우리 곁에 있는 평화의 사제, 문규현 신부는 그가 '자매형제님'이라 부르는 신자들과 함께 '생명과 평화를 위한 기도문'으로 그날의 미사를 봉헌했다.

사제관 옥상에는 텃밭 농사, 길 위에는 생명과 평화의 농사

미사를 마친 그는 사제관에서 우리를 맞았다. 평소 즐겨 마신다는 홍초를 시원한 물에 타서 내주고, 손수 기른 푸성귀들이 가득 차려진 점심 밥상을 함께하고, '참 좋은 소금'으로 감칠맛을 낸 문규현표 특제 커피도 직접 내려주었다. 폭염주의보가 내린 날이었는데, 사제관에는 선풍기 한 대 보이지 않았다.

"이곳에 처음 왔을 때 사제관이 너무 덥다고들 해서 옥상에 밭을 만들었더니 이렇게 시원해졌어요."

그가 안내한 옥상에는 고추, 상추, 케일, 토마토, 오이, 가지 등속이 이글거리는 팔월의 태양 아래 무럭무럭 자라고 있었다. 옥상 농장이라 부를 만큼 규모가 큰 텃밭이 뜨겁게 달궈진 건물의 열을 빨아들여 따로 사제관에 냉방을 하지 않아도 되게끔 만들었다고 했다. 듣고 보니 옥상 농장은 문규현 신부가 만든 또 다른 형태의 햇빛발전소란 생각이 들었다. 그가 대표로 있는 (사)생명평화마중물에서는 부안의 에너지자립공동체 건설을 위해 시민햇빛발전소를 만들었다. 2003년 핵폐기장 반대 싸움을 했던 부안 주민들이 반생명·반평화 에너지인 원자력을 버리고 햇빛과 바람 같은 생명과 평화의 에너지를 선택한 것이다. 그가 꿈꾸는 평화가 얼마나 크고 현실적인 것인지 생각하게 하는 지점이었다.

그러면 생명과 평화의 사제, 문규현 바오로 신부는 어떻게 우리 곁에 오게 되었을까.

"내가 신부가 된 것은 우리 부모님의 헌신과 사랑이 주신 크나 큰 은총이에요."

그는 1945년 1월 1일, 전북 익산의 황등에서 태어났다. 외가 쪽으로 5대째 독실한 가톨릭신자였던 집안의 4남3녀 가운데 셋째다. 형이 그 유명한 문정현 신부고 손위 누이 한 사람은 수녀다.

"어릴 때 마당에 감이 열려도 부모님은 형님이 오기 전까지 절대 손을 대지 않으셨어요. 당신 아들이 아니라 주님의 제자로 형님을 소중히 모신 거예요."

그렇게 영성이 충만한 부모님에게서 자란 소년은 자연스럽게 사제의 꿈을 키웠다.

"내가 호적이 늦어서 나이보다 학교를 늦게 갔어요. 뭐 나이로 공부하는 건 아니지만 그래도 초등학교 때 공부 잘 한다 소릴 들었지. 그래서 선생님들은 좋은 학교에 가길 바랐는데, 서울에 있는 신학교 (성신중고등학교)에 간다니까 좋아하셨어요."

그러나 결심은 빨랐어도 길은 순탄치 않았다.

"고향에서 절더러 신학교를 그만 두라고 충고하신 어른이 계셨어요. 우리 아버님을 불러 놓고도 규현이는 사제가 될 수 없다고 하셨거든요."

그는 결국 고민 끝에 자신을 성찰할 수 있는 시간을 청하며 군복무를 시작하게 된다. 그런데 하필 카투사로 차출되는 바람에 3년이란 시간을 우리에게 미국이란 존재가 무엇인지 깊이 생각할 수밖에 없었다고 했다. 그러나 사제의 길을 향한 갈망은 제대 후에도 변함이 없었다.

"저는 우리 바오로의 꿈을 위해서는 무엇이든 하겠다고 결심하시는 부모님의 이야기를 들으며 혼자서 얼마나 울었는지 몰라요. 난 사제의 길을 포기하지 않는 게 효도고 내 갈 길이라고 생각했어요."

어려운 고비마다 사랑과 헌신으로 자식들을 보살핀 그의 부모는 삼남매씩이나 낮고 고통스런 길로 내보내면서 그것을 오롯이 영광으로 받아들였다. 하지만 먼저 사제가 된 형 문정현 신부는 동생이 가시밭길로 따라나서는 것을 반대했다.

당시 노동문제가 큰 사회문제로 대두되던 시절인데, 전주교구에서 관계 공무원과 사제들이 친선테니스대회를 열었다고 한다. 문정현 신부가 교회에서 먼저 노동자 문제해결에 나서야 한다며 플래카드를 들고 시위를 벌여, 말하자면 '깽판'을 놓았다고 했다.

"그때 화가 난 주교님이 형에게 '너는 신부가 되기 전에 먼저 사람이 돼라!'하셨어요. 그런데 형님이 그 뒤로 원숭이 그림에다 '사람이

사진: 류관희

"접견실에 들어서자 형이 딱 무릎을 꿇으면서 '새 신부니까 강복 주셔야지.' 해요. 내가 축복을 드리고 나서 형님을 부둥켜안고 울며 '형님 힘들죠. 어렵고 힘든 길 동반자 하나 생겼으니 함께 갑시다.' 그랬어요."

돼라' 이렇게 써놓고 머리맡에 두고 계신 거예요. 사실 난 거기에 꽂힌 거야, 사람이 돼라. 아, 참사람이 돼 가는 길에 갈등구조가 있는 건데 마음이 상한다고 포기 할 수 있나 ······"

그는 신부가 되려고 8년이나 공부를 계속해오면서도 여전히 깊은 갈등을 겪고 있을 때였다. 형님 앞에서는 어려워서 담배도 못 피우던 그에게 문정현 신부가 담배 한 개비를 건네며 물었다.

"야, 내가 가는 사제의 길이 이런 건데 너 그래도 이 길을 갈래?"

당시 문정현 신부는 1974년 만들어진 천주교정의구현사제단의 일원으로 줄곧 유신 독재와 싸우는 고난의 길 위에 있었다. 인혁당 사건 피고인들이 재판 하루 만에 사형을 당하자 시신이라도 빼앗기지 않으려는 가족들을 지켜내려다 다리를 다쳐 평생 불구의 몸이 되기도 한 형이었다.

"'아니 내가 형 보고 가요? 형님은 그렇게 외롭고 힘들어도 가야 할 길이라면서 가는 거 아니에요? 나도 내 갈 길을 갈 거예요.' 했지."

그런 형은 동생이 부제를 거쳐 사제서품을 받는 기쁜 자리에도 함께하지 못했다. 그때마다 '연행 구금되거나 구속되었다'고 했다. 문규현 신부는 1976년 5월 3일 사제서품을 받은 다음날, 곧바로 서대문구치소에 있던 형에게 면회를 갔다. 당시 문정현 신부는 그해 3월 1일 명동성당 시국미사에서 있었던 '3·1구국선언'사건으로 구속된 상태였다.

"접견실에 들어서자 형이 딱 무릎을 꿇으면서 '새 신부니까 강복 주셔야지.' 해요. 내가 축복을 드리고 나서 형님을 부둥켜안고 울며

문
규
현

207

'형님 힘들죠. 어렵고 힘든 길 동반자 하나 생겼으니 함께 갑시다.'
그랬어요."

그는 형을 줄곧 동지요 스승이고 살아있는 예수님이라 말해왔다.
그런 동생을, 20년 전 제13차 평양 세계청년학생축전 참가를 위해 밀
입북한 천주교 신자 임수경을 보호하라고 북으로 보낸 것도 문정현
신부의 뜻이었다. 문규현 신부는 당시 미국 메리놀 신학대학원에서
공부를 마치고 필리핀 아시아주교협의회 까리따스 사무총장으로 부
임을 앞두고 있었다. 저승가는 길과 다를 바 없던 평양행을 피할 수
만 있으면 피하고 싶어서 전전긍긍했다고 한다.

그리고 또 한 사람, 사제가 된 문규현에게 잊을 수 없는 인물이 있
다. 1988년 5월, 명동성당 옥상에서 스물다섯 꽃다운 나이에 '양심수
석방과 광주학살 진상규명, 올림픽남북공동개최' 등을 외치며 칼로
배를 가르고 투신한 서울대학생 조성만 요셉. 그는 형 문정현 신부
에게 세례를 받았던 고향 후배로, 사제가 되기를 꿈꾸던 선한 청년이
었다.

"조성만은 나의 신부님이에요. 분단된 조국에서 사제란 무엇인가
를 온몸으로 보여준 스승이지요."

문규현 신부가 미국에서 석사논문을 〈한반도 통일에 대한 신학적
고찰〉이란 주제로 쓰게 된 것도 조성만의 영향 때문이라고 한다. 듣
고 보니 문규현 신부의 눈빛이 영정 사진에서나 보았던 청년 조성만
을 많이 닮은 것 같았다. 두 사람 다 눈이 참 맑다.

그에게 조성만은 늘 "신부님 사랑은 이론이 아니에요. 실천이에

요." 이렇게 말하며 미소짓는다고 했다. 때론 "너 어디 있니?" 하고 준엄하게 묻기도 하는데, 그것은 다름 아닌 하느님의 소리라고 했다.

싸움이 아니라 삶이다

그런데 그는 인터뷰 내내 하느님을 '힘없는 우리 하느님'이라고 칭했다. 사제 문규현을 '빨갱이 신부'로 낙인찍히게 만든 그 하느님 말이다. 그는 이 땅의 평화를 위해 몸을 던진 대가로 국가보안법 위반으로 두 차례나 구속되었다. 이후로는 부임지에서 지역 주민들의 고통과 함께한 대가로 '깡패 신부'라는 비난마저 가시관처럼 덧쓰게된다. 새만금에서 갯벌의 생명을 죽이는 방조제 공사에 맞서고 또 핵폐기장 건립을 반대하는 주민들의 싸움 속에 늘 함께했기 때문이다.

"사람들이 그래요, 넌 맨날 쌈하는 데만 찾아다니느냐고. 하지만난 그게 쌈이 아니고 삶이라고 생각해요."

생명의 존엄성을 무시하고 오로지 돈에만 혈안이 되어 달려드는 세상에서 사람답게, 평화롭게 살려면 피해갈 수 없는 일들이었다는 것을 우리는 이해할 수 있다.

그런데 그 '깡패신부'가 세상에 맞서는 방식은 여느 깡패들과는 달랐다. 힘으로 상대를 제압하는 게 아니라 먼저 자신을 낮추고 반성하는 일에서부터 시작하기 때문이다. 부안에서 서울까지 그는 수경스님, 원불교 김경일 교무, 이희운 목사와 함께 '온세상의 생명 평화와 새만금 갯벌을 살리기 위한 삼보일배'를 했다. 이 놀라운 실천은 우리 사회에 적잖이 충격을 주었다. 그것은 어쩌면 군사분계선을 넘은 일보다 더 큰 결심이 필요한 것이었는지도 모른다.

그렇게 순례는 끝이 났고, 길 위의 성찰과 기도는 일상의 삶 속으로 스며들었다. 그것이 삼보일배 이후 태어난 생명평화마중물이다. 마중물은 메마른 펌프로 물을 끌어올리려고 붓는 한 바가지의 첫 물을 말한다. 땅 속 깊이 고여 있는 생명과 평화의 샘물을 길어 올리려고 스스로 마중물이 되겠다는 사람들이 모이기 시작한 것이다. 문규현 신부는 2004년 생명평화마중물 창립인사에서 이렇게 말했다.

"분단된 조국의 통일을 외치며 죽어간 조성만 열사, 새만금 갯벌의 숱한 생명체들, 그것들이 들려주는 소리 없는 아우성과 갯벌의 향내, 난폭한 정권에 맞서 핵폐기장 반대 싸움을 200여 일이 넘게 하면서도 결코 굽힘이 없던 부안 주민들, 또 제가 걸어왔던 60평생의 긴 여정, 그 구비 구비마다 만나고 헤어졌을 여러 인연들도 마중물처럼 저를 이끌어주었습니다."

그리고 그는 '힘없는 하느님' 대신 돈이 하느님처럼 군림하는 세상에서 온전하게 살아남는 길은 마중물의 마음으로 함께하려는 사람들이 연대하는 것뿐이라고 했다. 약자들이 살 길은 힘을 모으고 또 모으고, 서로 지지하는 것밖에는 답이 없다고도 했다. 그는 상어 한 마리를 물리치기 위해 수많은 작은 물고기들이 뭉쳐서 상어보다 더 큰 대형을 이루는 바다 속 풍경을 예로 들었다. 우리도 그렇게 해야 한다고 했다.

"그래도 나는 힘없는 주님이 좋아. 나도 힘이 없으니까 네 힘도 좀 빌리자 이러면서 사람들에게 계속 손을 내밀고 가는 거지."

자꾸 하느님이 힘이 없다고 하는 것은 자신의 나약함을 고백하는 소리라고 했다. 세상에 이렇게 섬약한 '깡패'가 또 있을까.

문규현 신부는 지나온 길들이 뒤돌아보면 모두 '아, 은총이었구나!' 하고 느낀다고 했다. 히말라야의 눈부신 설산 아래 몸을 던지는 이국의 순례자들은 동경하면서도, 내 나라 내 땅 우리 삶의 밑바닥 위에 온몸을 내던진 성직자들의 오체투지에는 무관심한 것이 우리였다. 철퍼덕 길 위에 온몸을 엎드리는 것이 행여 자신을 다치게 할까 주저했는지도 모른다.

인터뷰를 마치고 그가 오체투지로 올라왔던 길들을 따라 함께 서울로 향했다. 고속도로 대신 문규현 신부가 안내하는 국도를 따라 한참을 차를 타고 달렸는데, 그는 길바닥의 균열과 굴곡까지 생생하게 구석구석 길의 표정들을 기억하는 듯했다.

"나 제비꽃이 그렇게 예쁜 줄 몰랐어. 아스팔트 틈새에 핀 꽃을 보고 눈물이 날 것 같아서 일어설 수가 없는 거야."

물끄러미 창밖을 바라보던 그가 말했다. 오체투지는 온전히 나를 버리고 새로운 나를 만나는 길이라고 했다. 가장 낮은 자리에 핀 꽃을 달리 보았던 그의 눈도 그런 것이리라.

"엎드려서 이마까지 땅에다 대야 편안해. 온전히 다 비워야 다치질 않는 거지. 자기를 계산하지 않는 거, 그렇게 모든 걸 다 주는 게 진짜 사랑이거든."

오체투지 요령을 설명하는 그의 얼굴이 소풍을 다녀온 어린아이 같았다. 순간 아스팔트 위에 엎드린 검은 옷의 노신부와 사제서품을 받기 위해 엎드리던 새하얀 사제복의 젊은 신부가 겹쳐져 보였다. 그는 하느님 앞에 엎드린 첫 마음 그대로 길 위에 있었을 것이다. 그리스도인은 항상 새로운 길을 가는 사람이고, 예수는 그 길 위에서 한시도 멈추지 않았다고 했다.

그는 전날 광주대교구에서 있던 초청강연회를 마치고 밤늦게 전주로 돌아온 몸이었다. 그런데 오전에 평화동 성당에서 미사를 마치고 상경해서는, 조계사 앞에 있는 4대강사업저지를 위한 천막농성장에 들른 다음, 화가 홍성담 씨의 '야스쿠니의 迷妄 - 동아시아 순회 서울전시회' 개막식에 참석했다. 그리고 밤에는 철거민들 곁을 지키며 날마다 용산에서 미사를 드리는 문정현 신부와 유가족들을 만나는 일까지 숨 가쁜 일정들이 줄줄이 그를 기다리고 있었다. 그렇게 긴 하루를 마치고서 밤늦게 다시 '평화동'으로 돌아간다고 했다. 그가 돌아갈 곳은 오직 '평화'뿐인 것처럼.

어둑한 저녁 무렵, 멀어져가는 그의 뒷모습을 바라보는 동안 사제관에서 만난 한 청년이 '우리 신부님은 절대 체력으로만 움직이는 분이 아니'라고 했던 말이 떠올랐다.

🌸 뒷이야기

문규현 신부를 다시 만난 것은 2014년 8월 '세월호십자가순례단'이 정읍에서 김제까지 걷던 날이었다. 세월호에서 아들을 잃은 두 아버지가 어린 아이 크기의 나무십자가를 지고서 안산에서 팽목항을 거쳐 대전까지 프란치스코 교황을 만나러가는 순례 이야기를 들었을 때 분명 그가 함께하겠구나 싶었다. 예상은 틀리지 않았다.

그는 늘 그랬다. 우리 사회의 갈등과 대립이 있는 현장이라면 그가 늘 홍길동처럼 나타났기 때문이다. 평화동 성당에 가서 처음 문규현 신부를 만났던 그해 10월에는, 용산참사 해결을 위한 단식 투쟁에 들어갔던 그였다. 당시 단식 10일 만에 쓰러져 의식을 잃은 채로 병상에 누워있다 겨우 깨어나기도 했지만, 그가 41일 만에 병상에서 나와 제일 먼저 찾은 곳도 다시 용산이었다.

그 시절 용산이야말로 우리 사회가 만든 지옥의 밑바닥인 줄 알았다. 하지만 그 뒤로도 계속 강정과 밀양에서 또 진도 팽목항에서 비슷한 상황들이 반복되고 있었다. 그러니 해군기지를 막아내려는 섬 주민들 곁에, 송전탑과 싸우는 밀양의 촌로들 곁에도 있었듯이, 세월호 희생자 유가족 곁에 그가 있는 것은 당연한 일이었다.

문규현 신부는 이미 지난 2011년 평화동 성당 주임신부를 남보다 이른 나이에 은퇴한 상태였다. 그때 "본당 안에서 편하게 있고 싶은 유혹이 들었다. 몸이 성치 않으니 더욱 그랬다. 그래서 바로 지금이 본당을 떠나야 할 시기"라고 고백했다. 그는 교회 밖으로 더욱 적극

어른

적으로 뛰어들 결심을 하면서 '내려놓아야 지켜지고 비워야 채워지는' 진리를 믿으며 나아간다고도 했다. 그렇게 본당 밖으로 나온 사제는 세상이 필요로 하는 곳이면 어디든 달려갔고, 길 위에서도 미사를 집전했다.

"지역에서 생태적으로 꾸린 작은 사랑방을 만드는 게 꿈인데 세상이 날 가만 내버려두질 않네요."

한나절 십자가 순례단과 함께 이글거리는 아스팔트 위를 함께 걷고 난 다음, 그에게서 들은 말이었다. 하지만 정처 없이 고단해 보이기만 한 길 위에서 그는 오히려 평화로웠다. 수염과 머리카락은 더 하얗게 세어가는지 몰라도 표정은 점점 천진난만해지는 것 같았다. 성경에서도 천국은 어린아이와 같은 사람의 것이라 했던가. 나 역시 평화동 성당에서보다 그와 함께 걸은 길 위에서 영적으로 고양되는 느낌이었다. 어쩌면 교회란 성물로 장식한 벽으로 둘러쳐진 물리적인 공간이 아니라 먼저 십자가를 짊어진 사람들의 마음자리를 이르는 것이 아닐까. 울도 담도 없이 경계 자체가 없는 그런 성스런 곳 말이다.

지리산생태영성학교

이병철

내 안에 숨은
야성을 찾아서

이병철

1949년 경남 고성에서 태어났다. 1974년 부산대학교 재학 중 민청학련 관련 사건으로 구속되어 옥살이를 한 뒤로 농민운동을 시작했다. 가톨릭농민회 사무국장으로 일하며 고향인 고성에서 우리밀살리기운동을 처음 시작했다. 전국귀농운동본부 상임대표를 지냈으며, 생태귀농학교 교장과 생명평화결사의 생명평화학교 평생교사, 지리산생태영성학교 교장 등을 지냈다. 최근에는 한살림연수원 마음수련위원회 위원장을 맡고 있다. 『밥의 위기, 생명의 위기』 『나는 늙은 농부에 미치지 못하네』와 『당신이 있어』 『흔들리는 것들에 눈 맞추며』 등의 시집을 펴냈다.

올 정월 처음으로 장을 담갔다. 비록 시어머님께서 마지막으로 남기고 간 메주를 친정엄마 손을 빌어 만든 것이었지만, 좁은 베란다에서 된장과 간장이 익어가는 냄새를 맡으며 비로소 어른이 된 느낌이었다. 그런데 날이 더워지자 구더기가 생기기 시작했다. 항아리 주변뿐 아니라 베란다에서 마루 천장을 타고 부엌까지 필사의 여행을 떠나는 녀석들이 나를 놀라게 했다. "엄마! 어떻게 해요!" 친정엄마에게 전화를 걸어 울먹이다시피 했다. 잘라낸 손톱보다도 작은 벌레 때문에 나는 다시 어린애가 되고 말았다.

마흔이 넘어 겨우 장 담글 결심을 한 것만으로도 스스로 내견하게 생각했는데, 이내 '더는 구더기 무서워 장 못 담그겠다'는 마음 때문에 전전긍긍해야 했다. 간장은 체에 밭쳐 끓여냈지만 손수 벌레들을 걷어내야 하는 된장 갈무리는 구원요청을 할 수밖에 없었다. 친정엄마가 올라와 노랗게 익은 된장을 발라내 더는 구더기가 넘볼 수 없는 김치냉장고 속에 꽁꽁 밀봉해 넣은 다음 날, 나는 이른 아침 길을 나섰다. 구더기를 치우고 나니 어찌나 속이 후련하던지 날아갈 듯 행복했다. 적어도 이 사람을 만나 '나와 세상이 다르지 않다'는 이야기에 귀 기울이기 전까지는 그랬다.

마음을 공부하고 닦아야 하는 새 삶의 전환기

경상남도 함안군 산인면 입곡리 숲안마을로 이병철 선생을 만나러 가던 날이었다. 연일 온 나라에 폭염이 쏟아지고 있었다. 이른 아침부터 뜨겁게 달궈진 고속도로 위로 달려 점심 무렵 겨우 그가 일러준 동네 밥집에 다다랐다. 음식을 남기지 않고 먹으면 주인이 귀한 차를 대접할 테니 몸을 식히며 쉬고 있으라고 했다. 실한 밥상을 물릴 무렵 양팔 한 아름 풀을 안고 온 사내가 밥집에 들어섰다. 텃밭에서 줄기째 낫으로 베어 온 방아를 안주인에게 꽃다발이라 건네는 이가 이병철 선생이었다. 방아 잎을 넣은 부침개를 맛깔나게 부쳐주던 밥집 여자가 뜻밖의 선물에 함박웃음을 웃는다. 선생은 모처럼 집에 다녀간 큰 딸아이를 서울 가는 버스에 태워주고 오는 길이었다. 오미자 우린 선홍색 물 위에 초록 잎사귀를 얹어 얼음 동동 띄워낸 '요염차'를 마시며 근황을 물었다.

"요즘 일주일에 한 번씩 비박을 해요."

그가 비박이라고 말하자 서늘한 산바람에 흔들리는 나뭇가지의 수런거림과 뭇별이 쏟아져 내리는 밤하늘이 떠올랐다. 그는 매주 금요일 저녁이면 근처 연화산 산마루에 올라 매트리스와 침낭만으로 자고 온다고 했다. 그렇게 자연과 가까이 만나면 몸 안의 숨은 야성을 깨우게 된다는 것이다.

"야성을 되찾는 것은 우리도 대지 위에 한 마리 짐승이었다는 사실을 깨닫는 일이에요."

흙바닥에 등을 대고 누우면 풀처럼 키를 낮출 수 있다. 풀숲 사이를 드나드는 벌레들 소리에 귀가 열리고, 떨기나무 수풀을 헤치고 다니는 멧돼지나 고라니 같은 산짐승 소리에 몸을 움츠리게 된다. 인간의 몸뚱이가 자연 앞에 겸손해지는 순간이다. 그렇게 대자연과 만나는 그의 모습을 상상하니 내 기분도 좋아졌다. 도인처럼 어렵게 느껴지던 그가 산을 좋아하는 친구처럼 친근해졌기 때문이다.

그런데 그는 자기 안의 숨은 야성을 회복하는 일이 신성에 가까워지는 길이라고 했다. 국내에 소개된 어지간한 마음수련 프로그램은 거의 섭렵한 그가 도를 찾아 가는 새로운 수행법으로 찾은 것이다.

"인간은 땅에 발을 딛고서 하늘과 소통하는 존재예요. 우리 안에 하늘을 품은 신령한 짐승을 만나야 해요."

내 안의 신령함을 진정으로 깨달으면, 비로소 다른 이의 신령함도 깨닫게 된다. 그 신령한 힘으로 하늘의 뜻을 땅 위에 펼쳐나가는 것이 진화의 마지막 단계인 인간의 역할이자 존재 이유라고 했다. 그는 낮고 부드럽게 그러나 신념에 찬 목소리로 이야기를 이어 갔다.

그런데 나는 '하늘의 뜻'이라는 말에 정신이 번뜩 들었다. 그 즈음 4대강 공사 중단을 요구하며 이포와 함안보 위에 올라가 농성을 하고 있던 사람들이 떠올랐기 때문이다. 더구나 그곳은 낙동강이 있는 함안 땅이었다. 강을 파헤치고 있는 이명박 대통령도 자신이 믿는 하늘의 뜻을 펼치기 위해 일한다는 신념에 차 있지 않은가. 그러면 그도 신령한가.

"당연히 신령한 존재지요. 하지만 누구에게나 인식의 단계가 있어요. 이명박 씨는 자기만 신령하다고 생각하는 단계에 머물러 있어서 강의 신령함을 보지 못하는 거예요."

내가 아닌 다른 모든 존재를 대상화하기 때문에 빚어지는 비극이라고 했다. 한편으로는 이명박 때문에 이 나라 종교 지도자들이 생명의 강을 지키겠다고 팔을 걷고 나섰으니, 우리에게 엄청난 생태적 각성을 주었다는 점에서는 오히려 감사해야 한다고 했다. '이명박만 없으면 이런 무자비한 일들이 영원히 사라질 것인가, 우리 안에 개발과 파괴를 통해 이익을 얻고자 하는 욕구와 나의 생명과 강의 생명이 분리되어 있다는 생각이 바뀌지 않으면 근본이 달라지지 않는다'고 했다.

문득 오래전 도법 스님이 실상사에 있을 때, 이라크를 침공한 부시 미국대통령에게 저주와 분노를 퍼붓던 사람들을 향해 부시야말로 극진한 애정과 보살핌이 필요한 환자라고 하던 말이 떠올랐다. 그 도법 스님과 함께 생명평화결사를 조직한 사람이 이병철 선생이었다. 그때 두 사람은 전쟁의 화마가 한반도를 공격하게 되면 10만 명이 하얀 옷을 입고 비무장지대에 드러누워 이 땅의 평화를 지키자는 약속을 했다. 세상의 평화를 원한다면 내가 먼저 평화가 되자는 그 가슴 벅찬 약속…… 뜨거운 한낮의 적요 속으로 그의 이야기는 쉼 없이 흘러나왔다. 나는 모든 게 꿈결처럼 들렸다.

어린 시절 『상록수』를 읽고 일찌감치 삶의 방향을 결정했고, 소설

온 산 하 봄 소 식

온 가 슴 설 레 임

사진: 류관희

그의 집은 높고 외진 곳에서 마을을 굽어보고 있을 줄 알
았는데 의외로 마을 한 길가에 여느 농가들처럼 겸손하
게 자리 잡고 있었다. 정갈한 붉은 벽돌집인데, 폐벽돌을
가져다 일일이 닦아 쓴 것이고, 집안 구석구석 여러 사람
의 손길이 모여 품앗이로 완성된 집이라고 했다.

속 박동혁처럼 채영신 같은 이를 만나 농촌과 나라의 운명을 구하겠다는 결심으로 일관되게 살아왔다는 사람. 고향인 경남 고성에서 가톨릭농민회를 조직하고 우리밀살리기운동을 시작한 것부터 귀농운동본부를 통해 생태적 귀농의 길을 열기까지, 그는 온 마음으로 한길을 걸어왔다. 그 인생역정도 꿈길처럼 보였다. 그랬던 이가 최근에는 귀농운동본부장, (사)한살림 감사 같은 여러 공식적인 직함들을 모두 내려놓았다. 이제 지리산생태영성학교 교장으로 남고 싶다고 한다. 물론 생명평화결사의 '평생교사'와 귀농운동본부의 '생태귀농학교 교장 선생님' 등은 놓는다고 놓아지는 이름이 아니어서 그대로 있다.

"이제 물질의 시대는 가고 마음을 공부하고 닦아야 하는 새로운 삶의 전환이 필요해요. 지리산생태영성학교는 그런 각성에서 출발한 곳이에요."

생활에 발목이 잡힌 나에겐 마음을 닦고 공부한다는 지리산학교가 히말라야처럼 아득하게만 느껴졌다. 생태적 삶의 자세야 노력한 만큼 배우고 익힐 수 있다고 해도 영성은 대체 어떻게 가르치고 공부하는 것일까. 나는 이 뜬구름 같은 이야기들이 너무 궁금해 서 그의 집으로 가고 싶었다.

집으로 가는 길은 구름이나 하늘을 나는 양탄자를 타는 대신 그가 운전하는 사륜구동 밴으로 이동했다. 그의 차 짐칸에는 언제 어디서고 노숙을 할 수 있도록 침낭과 매트리스 같은 비박 용품이 실려 있었다. 문득 그가 아내에 대해 쓴 시가 떠올랐다.

"…대학 한 학기 등록금만큼이나 / 큰돈을 / 단 며칠간의 수행을 위해 / 필요하다는 / 주제를 넘어도 / 참으로 한참 넘어선 / 간 부은 내 말 듣고 / 한동안 어처구니 없어하던 아내는 / 이 아침 / 차표마저 쥐어주며 / 잘 다녀오라 한다 / 도사 공부하여 도사되면 / 그때 잘 봐 달라한다"

시의 제목이 '박정희 도인'이다.

멀리 히말라야와 바이칼 등지로 영성 순례를 떠나고, 값비싼 아바타 수련까지 참여하며 도를 찾아 다녔는데 정작 스승은 그와 한 이불 속에 있었던 것이다. 그가 집 가까운 자연의 품에 깃드는 즐거움 찾은 것도 그런 깨달음 때문일 것이다. 낮은 산 고요한 숲에 몸을 의지하는 비박이야말로 참 단순하고 소박한 수행 아닌가.

아내가 도인이다

그의 집은 높고 외진 곳에서 마을을 굽어보고 있을 줄 알았는데 의외로 마을 한 길가에 여느 농가들처럼 겸손하게 자리 잡고 있었다. 정갈한 붉은 벽돌집인데, 폐벽돌을 가져다 일일이 닦아 쓴 것이고, 집 안 구석구석 여러 사람의 손길이 모여 품앗이로 완성된 집이라고 했다.

그가 집안의 '물주'라고 부르는 아내는 근처 마산대학에서 간호학을 가르치고 있다. 딸아이들은 산림학과 심리학 공부를 하고 있는데, 본래 의사가 되고 싶어하던 아이들에게 몸을 고치는 일보다 마음을 치료하는 것이 중요하고, 사람보다 우선 지구를 지켜야 하지 않겠냐며 설득했다고 한다. 그들 부녀는 그런 말이 통하는 사이인 모양이다.

선생이 손수 만들었다는 토마토 즙을 내왔다. 텃밭에 지천인 토마토를 뭉근하게 오래 끓여낸 것인데 생으로 갈아 만든 주스보다 한결 깊은 맛이 났다. 토마토 즙만큼은 일하는 아내보다 백수인 자기 솜씨가 낫다는 자랑까지 잊지 않았다. 토마토는 앞마당 아래 비가림만 한 비닐하우스 안에서 '영성농법'으로 길러낸 것이다. 고추, 가지, 오이, 들깨 등등 채소밭에는 두 내외가 먹고 남을 만큼 푸성귀가 풍성하고, 건너편 다랑이논 세 마지기에서 찰랑이는 벼포기들까지, 귀농학교 교장으로는 부끄럽지 않을 만큼 자급하고 있었다.

"영성농법이라고 뭐 별 거 없어요. 만날 때마다 잘 자라라 힘내라 응원해주고 박수 쳐주면 식물이 알아듣고 잘 자라는 거예요."

하지만 자칫 영성농법이 격려에 그치지 않고 제대로 자라지 않으면 곤란하다는 마음이 끼어들면 '협박농법'이 된다면서 웃는다. 그 모습이 개구쟁이 소년 같다.

집 옆 개울로 자리를 옮겨 함께 탁족을 했다. 민청학련사건, 가톨릭농민회 운동, 1987년 민주헌법쟁취국민운동본부 등 치열한 역사의 현장에서 날이 선 운동가였던 그가 귀농운동본부를 통한 생태공동체운동과 이어지는 생명평화운동까지, 어떻게 영성과 생명을 화두로 평화에 몰두하게 되었을까. 물론 그의 스승 장일순과 난생 처음 '형님'으로 모셨다는 박재일 같은 선배들이 어우러져 만들어 낸 한살림 정신과의 만남이 그의 운동 방향을 바꾸어 놓았으리라 짐작할 수는 있다. 하지만 좀 더 구체적인 내적 각성의 계기가 궁금했다.

"나도 이제 늙어가니까요……"

그는 처음엔 이렇게 허허 웃고 말았다. 그리고는 속내를 털어놓는다.

"한 번은 집 사람이 묻더군요. 그래서 당신 때문에 세상이 얼마나 나아졌느냐고. 또 일주일에 한 번, 열흘에 한 번 집에 들어갔는데 애들이 아빠가 집에 안 왔으면 좋겠다고 하는 거예요. 와서는 자세를 똑바로 해라 말투가 그게 뭐냐, 밥을 제대로 먹어라 간섭이 심해지니까 그랬겠죠."

여느 남편과 아버지들이 한 번쯤 부딪히는 문제들이겠지만 거기서 출발해 깨달음에 이르는 사람은 많지 않다.

"나와 세상을 이원화시킨 것이 문제였죠. 나는 여기 있고 저기 있는 세상이 잘못됐다고 지적만 한 거죠. 그게 과연 진실일까요?"

건강하고 평화로운 세상을 만들기 위해 모든 것을 바쳐왔다고 생각했는데, 진정 세상이 달라지려면 내가 먼저 바뀌지 않으면 안 된다는 사실을 깨닫는 순간이었다. 그가 과거 가톨릭농민회 사무국장 시절, 농민의 권리를 이야기하기 전에 우선 "참농민이 되어 참세상을 만들자"는 슬로건을 내걸게 된 것도 그런 전환이었다고 했다.

우리가 발을 담근 개울에는 소금쟁이가 소리 없이 파문을 일으키고, 물가로 뻗어 내린 나뭇가지에는 자벌레가 온몸으로 곡예를 했다. 그 위로 고혹적인 빛깔의 검은물잠자리도 날아다녔다. 문득 인간들만 한가롭지 수생동식물들에겐 치열한 생존의 현장이라는 생각이

들었다가, 이것 역시 나와 세상을 분리해서 바라보는 마음일까 하는 의심이 들었다. 잘 모르겠다. 그래서 그의 말대로 공부가 필요한 모양이다.

"옛날과는 세계가 달라졌어요. 그러니 이젠 공부 방법도 달라져야 해요. 공부는 현상을 있게 한 본질에 대한 탐색이지요?"

그의 질문은 이제는 다수의 사람들이 물질의 결핍보다도 마음 때문에 더 고통 받는 세상에 살고 있다는 대답으로 이어졌다. 그래서 마음공부나 깨달음의 문제가 소수에서 다수의 문제로 절박하게 다가올 만큼 인류가 진화했다는 증거라고 했다. 나는 요즘 마음공부나 수행을 하는 데도 적잖은 돈이 드는 세상이라는 점이 안타깝다고 말했다.

"마음의 평화가 물질보다 중요하다는 생각에서 출발해야 해요. 그러면 깨달음을 얻는 데 돈을 쓰겠다는 것부터가 물질에서 벗어나겠다는 결단이지요."

돈과 시간을 내는 것이야말로 절실함의 근거라고. 그래서 깨달음과 영성을 추구하는 이들이 가장 많이 나타나는 곳 역시 부자나라들인 1세계라고 했다. 더 이상 물질의 풍요로는 행복을 구할 수 없다는 각성이 일기 때문이라고.

"단순 소박한 삶이 아무리 좋다 해도 가난한 사람들에게 그걸 요구할 수는 없어요. 물질의 풍요를 경험한 사람만이 넘어설 수 있으니까요. 하지만 모든 사람이 그럴 필요는 없어요. 모든 사람이란 것 역시 허상이니까."

99℃의 물이 100℃로 넘어가는 순간의 임계치에서 물이 끓어오르듯, 인류의 자각 또한 1퍼센트 변화에서도 가능하다고 했다. 더불어 "다수를 걱정하기 전에 그대 자신을 걱정하세요"라는 당부까지 잊지 않았다.

실제로 "…대학 한 학기 등록금만큼이나 / 큰돈을 / 단 며칠간의 수행을 위해" 써본 그는 이제 돈 없이도 평화를 찾는 일상의 수행법에 대해 더 많이 이야기 했다. 늘 '감사하고 미소짓고 또 축복하라'고. 우리에게는 축복할 권리와 의무가 있다고. 그것이 곧 내가 삶을 사랑하고 평화로워지는 마음공부라고.

"이것은 단순히 사랑타령이 아니에요. 오로지 사랑밖에 길이 없기 때문이에요. 왜냐하면 사랑은 가장 밝고 적극적인 에너지니까."

더위를 먹은 탓인지, 폭포처럼 쏟아지는 영성에 대한 이야기 세례 때문인지 나는 그날 몹시 지쳤다. 직장에서 돌아온 '박정희 도인'께서 영성농법으로 자라난 푸성귀들로 차리신 저녁 밥상을 배불리 먹고 나서, 책들이 빼곡한 그의 서재에서 밤새 뒤척임도 없이 깊은 잠에 들었다.

다음날 아침 그는 텃밭에서 토마토를 따고, 논에 가서 박수를 세 번 힘차게 치면서 "힘내라! 잘 자라라!"라며 벼들에게 축복을 내리고 있었다. 신기한 것은 선생이 자주 들여다보고 인사한다는 앞 논의 벼는 이삭이 실하고 포기가 튼튼한데, 조금 소홀했다는 윗논은 안쓰러울 만큼 부실해보였다. 잡풀이 무성한 그의 논두렁 옆에는 팔십을 훌쩍 넘긴 옆집 농부가 제초제를 뿌려 누렇게 만든 논두렁이 사이

이병철

229

사진: 류관희

좋게 이어져 있었다.

그의 서재에는 스승이던 무위당의 글씨로 논어에 나오는 '오불여 노농吾不如老農'이란 글귀가 있었다. 그 역시 아무리 자신이 생태귀농의 이름난 전도사인들 옆집 '늙은 농부에 미치지 못한다'는 사실을 날마다 깨닫는다고 했다. 단지 겸양의 말일까.

그가 앞마당에서 다섯 가지 짐승의 몸짓을 본뜬 오금희五禽戲라는 체조를 가르쳐주는 동안에도, 출근 준비에 바쁜 '박정희 도인'은 옥수수를 삶아 토마토 즙과 함께 밥상을 차려주었다. '하루하루의 밥상을 영성체 모시듯 하라'는 이야기를 강조하는 선생은 소박한 밥상 앞에서 정성껏 감사 기도를 올렸다.

그의 시 '박정희 도인'은 이렇게 끝이 난다. "수행길 나서는 차 속에서 / 문득 다가오는 깨달음 하나 / 아내가 도인이다 / 긴 날을 바깥에만 매달려 있을 때 / 아내는 이미 안에서 도를 닦고 있었다."

평생을 사회운동가로 산 그가 자신을 아무 거리낌 없이 백수라 지칭하는 것은 생활인으로 일상의 노동을 소중하게 생각한다는 뜻일 것이다.

그러면서도 "백수가 세상을 구한다"고 말하는 것을 보면 사람이 밥만 먹고 살 수는 없다는 뜻으로 들린다. 돌이켜보면 예수나 석가모니처럼 위대한 성인들 대부분 백수였다. 그가 존경하는 선생님, 무위당 장일순도 감옥에서 나온 뒤로는 세속의 직업분류로는 설명할 수 없는 백수로 살았다. 그 역시 더 많이 비워서 세상과 나의 경계를 허무는 진짜 백수가 되고 싶어했다.

나는 그를 만나고 집으로 돌아오는 길 내내 구더기 생각이 떠나지 않았다. 된장 속에서 알을 까고 자라난 구더기와 된장이 과연 다른 것인가. 이명박 정부와 4대강으로 대변되는 우리 시대의 욕망이 과연 나와 다른 것인가

나뭇잎편지 판화가

이철수

길이 멀지요?
괜찮은데요 뭐

이철수

1954년 서울에서 태어났다. 1980년 관훈미술관에서 첫 개인전을 열었고, 2011년 같은 장소에서 목판화인생 30년을 기념하는 전시회를 열었다. 1980년대를 증언하는 민중판화가로 이름을 날렸고, 1990년 이후로는 자기 성찰과 생명을 화두로 자연과 함께하는 일상의 삶을 목판 위에 담아내고 있다. 2002년부터는 누리집 이철수의 집을 통해 거의 매일 글과 그림이 있는 '나뭇잎편지'를 발행하고 있으며, 그동안 『새도 무게가 있습니다』 『소리 하나』 『당신이 있어 고맙습니다』 『사는 동안 꽃처럼』 등의 판화산문집을 펴냈다.

어린 시절 나는 판화가 싫었다. 그림도 삶도 투명한 수채화 같기를 바랐기 때문이다. 그런데 하필 중학교 때 교외 미술대회 참가자로 뽑혀서는 여학생들 사이에 인기가 없던 판화 부문의 머릿수를 채우게 되었다. 대회 준비를 위해 여러 달을 냄새 나는 고무판과 조각칼을 가지고 씨름을 해야 했다. 판화 속 흑백의 강렬한 대비 속에서 내가 가진 외로움의 그늘만 유독 크게 보였던 기억이 있다.

스무 살 이후에는 보지 않으려고 해도 주위의 그림들이 온통 판화였다. 소설『태백산맥』양성우 시집『청산이 소리쳐 부르거든』권정생의 동화『몽실 언니』같은 책 표지에도 판화가 있었고, 교정과 거리 곳곳에 뿌려지던 무수한 유인물과 걸개그림마다 선 굵은 목판화들이 춤을 추고 있었다. 그림이 화폭과 전시장 조명 밖으로 뛰쳐나와 깃발과 걸개, 건물의 담장과 바닥 위에도 그려지던 시절, 판화는 익숙한 풍경이 되었다. 선명한 그림들 속에는 억눌린 사람들의 목소리가 들려왔다. 어느덧 내 안에만 있는 줄 알았던 그늘의 외연이 세상으로 넓어지고 있을 때였다.

그런데 어느 순간 전혀 다른 느낌의 판화들이 눈에 들어오기 시작했다. 수채화처럼 투명하면서 햇살처럼 따스한 선화들이었다. 정갈하고 소박하게 한껏 절제된 그림인데도 담고 있는 이야기는 훨씬 풍성했다. 이십대에 만난 판화가 목청껏 소리를 지르는 것 같았다면, 나처럼 나이를 먹은 판화는 속삭임이나 기도 또는 소리도 없이 공명을 만드는 울림처럼 들려왔다. 둘은 전혀 다른 것 같았는데도 어딘가 통해 있었다. 놀랍게도 두 가지 모두 이철수의 작품이었다.

2010년 입춘이 한참 지났는데도 봄은 아직 먼 곳에서 서성이고 있던 어느 맵고 추운 날이었다. 나는 이철수를 만나러 가는 길에 그렇게 판화에 대한 오랜 추억들을 더듬고 있었다.

그늘의 힘보다 양지의 힘이 크다

제천시 백운면 평동리 박달재 자락에 있는 이철수의 집은 나지막한 뒷산과 너른 문전옥답 사이에 있었다. 어른이면 까치발을 하지 않아도 쉽게 안이 들여다보이는 낮은 담장을 두른 채 마을 안에 낮게 엎드린 집이다. 구태여 제 모습을 드러내지 않는데도 길 가는 아무개에게 물어도 그의 집을 수월히 가르쳐 주었다. 1987년에 처음 그곳에 둥지를 틀었으니 마당에 아기 손가락 같은 묘목을 꽂아두었어도 넉넉한 그늘을 품은 아름드리로 자랐을 시간이었다. 진돗개 '탄이'는 낯선 이가 대문 안으로 들어서는데도 짖지 않았다. 꼬리만 살랑살랑 흔들며 손님을 반기는 눈동자가 순하다. 나는 개가 주인의 성정을 닮는다고 믿는다.

집은 그가 마을로 들어오기 전부터 그 자리에 있었다. 다른 가족의 숨결이 배인 집을 구석구석 손을 봐 새롭게 다듬은 정갈한 한옥인데, 예술가가 주인이 된 집답게 처마에 걸어놓은 시래기 묶음의 품새 또한 예사롭지 않았다. 햇살은 쨍쨍한데 바람은 매운 날이었다. 그러나 남쪽으로 창이 넓은 이철수의 작업실은 아늑했다. 주인의 목소리는 찻물처럼 부드러웠다.

철수, 참 정겨운 이름이라고 첫인사를 대신했다.

"어려서 교과서에 나오는 이름이니까 스트레스도 많이 받았는데 자라고 나서는 친근해서 좋더라고요."

그의 할아버지가 '듣기 쉽고 부르기 쉽고 사람들에게 많이 알려지면 정치하기에 좋은 이름'이라는 생각으로 지었다고 했다. '철수'는 정치가 대신 판화가가 되었는데, 그의 작품이 정치와 무관하지 않았던 것을 보면 이름에는 분명 어떤 운명이 담겨 있는 것 아닐까.

나는 세상 사람들에게 '판화가 이철수'로 불리는 것에 대해 어떻게 생각하는지 궁금했다.

"내가 지금 하는 것은 세상에 와서 주어진 배역 같은 거라 생각하고 있어요. 그래서 나는 판화하는 사람이라 하고, 가끔은 농사짓는 사람이라고도 말하는데 농사일은 충분히 잘 하거나 생업으로 하는 게 아니어서 송구스러운 생각이 들어요."

그러나 실제로 자신은 그림 그리는 사람 또는 농사짓는 사람, 이렇게 하는 일과 직업에 대한 구분이 별로 없다고 했다. '그냥 한 사람이라는 생각'이 중요하다고 했다. 세상이 부르는 대로 그림을 그리며

사진: 노용헌

그는 세상의 그늘 앞에 정면으로 부딪쳤다. 슬픔을 칼로 도려내듯이,
나무를 깎아낸 자리에 새겨진 목판의 그늘은 흰 종이 위에서 빛으로
살아난다. 그가 그림으로 세상 심부름을 한 것도 우리 사회 그늘진
삶의 구석구석까지 따스한 볕이 들기 바라는 마음 아니었을까.

살게 된 것도 "어려서 그림 잘 그린다는 이야기를 곧잘 들었어요. 칭찬 들으면 누구나 좋으니까……" 했다. 굳이 거창한 이유를 대지 않았다. 또 살아보니 자기가 그림을 잘 그리는 사람은 아닌 것 같다고도 했다.

판화가 이철수는 그림만 그리지 않는다. 그의 판화 속에는 죽비를 내리치는 것처럼 따끔한 경구나 다정한 편지, 혼잣말 일기 또는 하이쿠 같은 시구가 늘 함께한다. 그의 작품 어디에서도 글과 그림을 따로 떼어놓고 생각하기 어렵다.

작가들 중에 쓰고 싶은 것을 그림으로 그리거나 그리고 싶은 것을 글로 쓰는 사람들을 많이 보았다. 물론 예술가에게 쓰고 그리는 일이 근본적으로 다르지 않을 것이라고 생각한다. 그렇지만 작가 이철수에게는 어떤 것이 더 강렬했을까 궁금했다. 그는 자신은 '쓰고 싶었는데 그리는' 쪽이라고 했다. 어린 날의 철수는 책읽기와 글쓰기에 관심이 많던 문학 소년이었다고. 군대를 마치고서 혼자 힘으로 본격적으로 그림을 그리기 시작한 것도 '문학이 주는 감동을 그림에서 찾고 싶다'는 열망 때문이었다.

"지금은 글이 있는 그림을 그리고 있으니 두 가지를 다 하는 셈이지요. 어려서는 그림이라는 게 그리는 재주가 중심이라는 낡은 생각을 가지고 있었어요. 그런데 점차 문학이든 미술이든 무엇이 됐건 마음 이야기를 하는 것인데…… 모두 마음의 문제가 중요하다는 것을 알게 되었어요."

마음을 쓰고 마음을 그린다는 그에게 흔들리지 않는 마음자리를 잡아준 스승이 있었다. 무위당 장일순이다. 하지만 그는 "선생님이 없는 마음을 갑자기 던져 주셨다던가 그럴 수 있는 것은 아니고……" 하면서 스승과의 오랜 인연에 대한 이야기를 들려주었다.

청년 이철수는 제대 하자마자 '그곳에 가면 너하고 정말 비슷한 사람이 있어서 좋아할 것 같다'는 선배의 말만 듣고서 전화번호 하나 달랑 들고 경상북도 울진에 있는 죽변 교회로 낯선 이를 찾아갔다. 비가 추적추적 내리는데 배는 고프고 교회당은 텅 비어 있었다. 결국 기다리다 지쳐 성가대 책상에 드러누워 잠이 들었는데, 깨어나 보니 십자가에서처럼 물끄러미 그를 내려다보고 있던 사람이 있었다. 이현주 목사였다. 이철수는 그날 밤새 술잔을 기울이며 세상 이야기를 나눈 뒤 목사를 '형님'이라 부르면서 스승으로 모시게 되었다. 기독교인이면서도 불교와 노장사상까지 두루 가슴에 품은 목사에게 단박에 마음이 끌렸다고 했다. 스승과 제자의 인연도 상대적인 게 아닐까. 젊은 이철수의 마음자리가 귀한 사람을 모실 수 있게끔 활짝 열려 있었을 것이다.

이현주 목사는 이철수를 훗날 더 큰 선생님이라며 무위당의 품으로 이끌고 갔다. 1981년 스물일곱 살의 이철수가 관훈미술관에서 열린 첫 개인전을 성공적으로 치른 직후였다. 서슬 퍼런 전두환 정권 아래서 죽창과 화염병을 든 민중들이 새겨진 판화작품으로 세상을 깜짝 놀라게 했던 전시였다. 펜은 칼보다 강하다고 하지만 그의 조각칼은 어떤 펜보다 강한 무기가 되었던 시절이다. 무위당은 혈기왕성한 젊은 예술가를 보자마자 "너는 나보다 재주가 많구나!" 하며 크게 칭찬했다. 그리고는 곧이어 "엎드려서 살아야 해, 기어"라고 말했다. 민중판화전을 준비하면서 언제라도 잡혀갈 마음의 준비를 단단히 하고 있을 때였다. 그런 이철수에게 던진 무위당의 짧고 강렬한 이야기는 두고두고 되살아났다.

"재주가 많다, 그것도 당신하고 비교해서 나보다 더 재주가 많다고 하시니 굉장한 격려사지. 그런데 또 기라고 한 것은 그것과 대응하는 표현인데 두 가지 사이의 간격이 굉장히 크잖아요. 처음엔 잘 모르겠더라구. 뭔가 많은 이야기를 담은 말씀일 테니 잘 기억해 두어야겠다고만 생각했어요."

그는 결국 살면서 점점 그 뜻을 깊이 깨닫게 되었다. 무위당 선생께서 이현주 목사한테는 한 번도 기라는 소리를 하지 않았다는 사실을 알고부터 비로소 자신을 깊이 되돌아보게 되었다고 했다.

"두 분 다 젊은 시절 나의 외로움과 세상에서 인정받고 싶어하는 치기어린 마음을 북돋아주고 위로해주셨어요. 워낙 마음자리가 환하신 분들이어서 따뜻한 위로와 격려의 큰 샘이 무엇인지 그 어른들을 통해 알게 되었지요."

분노와 저항의 결기로 똘똘 뭉쳐있던 젊은 날의 판화들이 차츰 환해진 것도 그런 마음공부가 깊어진 결과일까. 하지만 그는 '마음공부라는 게 커리큘럼을 짜서 공부한다고 얻어지는 것은 아니지 않느냐'고 반문한다. 그것은 자신의 삶 속에서 스스로 찾아가는 것이라고 했다. 그런데 마음공부라는 게 끝이 없어서, 지금도 길이 멀고 답답하다고 했다. 그럴 때면 선생님의 말씀을 담은 책들을 경전처럼 들여다본다고 했다. 특히 첫 스승인 이현주 목사가 큰 스승 무위당과 나눈 『무위당 장일순의 노자 이야기』를 자주 펼쳐본다고 했다.

"이십대 후반에서 삼십대까지는 세상 심부름에 바빴기 때문에 내 마음을 돌아 볼 겨를이 없었어요. 굉장히 격렬한 그림을 그리며 살았는데, 이제는 나나 세상이나 마음에 관한 이야기가 없어선 안 된다고 생각해요."

그가 세상 심부름이라 표현한 것은, 젊은 날 자신의 판화가 사회변혁의 유용한 도구라 믿었기 때문이다.

"80년 광주의 5월을 겪고 난 다음이라 사람들은 내가 격렬한 정서를 표현한 것만으로도 통쾌해하며 용기 있는 젊은 미술가라고 칭찬했던 것 같아요. 그런 시대배경 때문에 내 그림이 사회적으로 크게 반향을 일으켰던 것뿐이에요."

그는 그 시절의 작품들에 대해 '눈부신 재능도 그렇게 통찰력 넘치는 그림도 아니었다'고 잘라 말했다. 젊은 날의 판화는 단지 민족문제에 관심이 많았던 청년이 '다른 생각이라곤 조금도 없이 오로지 그림만 그리던 때, 고립무원 속 외로움의 에너지가 격렬하게 모아진 것'뿐이라고 덧붙였다.

젊은 그도 외롭고 그늘이 깊었던 모양이다. 사춘기의 철수는 사업에 실패한 가장에서 비롯된 가난의 그늘 때문에 아버지를 원망하며 자랐다고 한다. 그런데 소년이 청년이 되면서, 그것이 혼자만의 그늘이 아니라는 사실을 깨달았다.

"군에서 읽은 강만길 교수의 글 때문에 우리 민족의 역사를 깊이 들여다볼 줄 알게 되었어요. 그리고 우리 아버지의 실패는 아버지 잘못만이 아니구나! 하는 걸 깨달았어요. 그 순간부터 저는 어린 시절의 상처에서 완전히 자유로워졌어요."

아버지와의 화해는 그렇게 섬광 같은 깨달음으로 왔다. 소년이 아버지를 극복했을 때, 비로소 독립된 자아로 홀로서기가 가능해지는 것 아닐까. 청년 이철수는 그로부터 개인의 그늘이 아닌 사회와 시대의 큰 그늘에 눈을 돌리게 된 것 같다.

그는 세상의 그늘 앞에 정면으로 부딪쳤다. 슬픔을 칼로 도려내듯이, 나무를 깎아낸 자리에 새겨진 목판의 그늘은 흰 종이 위에서 빛으로 살아난다. 판화는 그늘이 빛이 되는 반전의 그림이다. 그가 그림으로 세상 심부름을 한 것도 우리 사회 그늘진 삶의 구석구석까지 따스한 볕이 들기 바라는 마음 아니었을까.

그러면 판화가 이철수를 만든 것이 그늘의 힘일까. 그는 힘주어 아니라고 말했다.

"만일 내가 그토록 외로움을 타지 않고 살았으면 또 다른 에너지가 있었을 거라고 믿어요. 나는 그늘의 힘보다 양지의 힘이 더 크다고 생각해요."

그늘도 힘이라고, 슬픔도 자양분이라고 말하는 것이 위로가 될지 몰라도 그것 때문에 세상에 그늘이 깊어야 할 이유는 없다. 가난하고 힘없는 이들에게 그늘은 너무 춥고 고통스러운 곳이다. 나는 비로소 그의 마음자리가 얼마나 환한지 느낄 수 있었다. 어느새 한낮의 햇살도 작업실 창가 다탁에서 맞은 편 그의 책상 위까지 밀려들어와 있었다.

나뭇잎편지로 실어 나르는 '유곡천향'

동그란 안경 너머 그의 눈망울은 어린 송아지처럼 순했다. 그는 '선생님처럼 사는 것'이 소원이라는데 그의 웃음은 이미 무위당을 많이 닮았다. 작업실 벽에는 장일순 선생의 웃는 얼굴을 담은 스케치가 잘 보이는 곳에 있었다. 보고 있으면 누구나 저절로 입가에 미소를 짓게 되는 모습이다.

"3년째 선생님 얼굴을 그리려고 매일 쳐다보며 고민만 하고 있는데 뜻대로 되질 않아요."

그는 '선생님'의 얼굴을 제대로 그리려면 머리부터 가슴까지 스승을 닮아야만 한다고 느끼는 모양이다. 결코 쉬운 일이 아니라는 것을 갈수록 통감하고 있는 듯했다.

요즘 같아서는 어린아이처럼 답을 가르쳐달라 조르고 싶다고까지 했다. 한참 그의 몸과 마음이 고달플 때였다. 고즈넉하던 동네에선 뒷산에 6만여 평 리조트가 들어서는 문제로 큰 싸움이 벌어져 마을 공동체가 뒤숭숭했다. 그는 환갑을 바라보는 나이임에도 여느 농촌처럼 마을 일에는 청년으로 팔을 걷어붙여야 했다. 또 그가 떠나온 지 오래인 서울에선 민족예술인총연합 조직이 존폐위기에 몰려 세상을 시끄럽게 하고 있었다. 그런데 시골에 내려와 있는 그가 민예총 쇄신위원장이라는 궂은일도 마다하지 않고 있는 모습을 보자니 얼마나 답답할까 싶었다. 이제는 골치 아픈 일에서 뒷짐을 지고 물러나 한적한 시골 마을에서 자기 작업에만 몰두하는 예술가로만 살아도, 누구 하나 탓할 사람이 없어 보이는 데도 그랬다. 그는 여전히 가슴이 뜨겁던 청년 시절과 별반 달라진 것 같지 않은 기준으로 사람을 대하고, 가야 할 곳에 가고, 해야 할 말을 하고 있었다. 개인의 실익과 무관해 보이는 어수선한 세상일에도 굳이 시간과 정열을 쓰는 사정을 들여다보면 그이의 성품이 보였다. 자신의 판화작품을 참여연대나 환경운동연합, 아름다운재단, 노숙인다시서기지원센터같이 공공선을 위해 일하는 곳에서 무료로 쓰게 하거나, 여러 시민단체에 작품을 기부해 직접 경제적인 도움을 주는 일도 마다하지 않았다. 그러면서도 "선생님처럼 사는 거 생각해 봤는데 그거 쉬운 일이 아니야……" 했다.

"살면서 점점 화가라는 생각이 없어져요. 오히려 언제 그림을 놓을 수 있을까? 요새는 그런 생각을 많이 해요."

그가 '선생님'이라는 일반 명사로 지칭하는 무위당은 평생 자신의 그림을 돈을 받고 판 적이 없는 예술가였다. 어려움에 처하거나 위로가 필요한 사람, 도움이 필요한 이들에게 늘 난을 쳐주고 글을 써주었다. 이철수 역시 많은 것을 대가없이 나누어주고 있었지만 '선생님'과 똑같이 할 수 없는 자신의 처지를 아쉬워했다. 그래서 선생님이 살아서 그의 곁에 있다면 예전과 마찬가지로 여전히 "더 기어, 아무것도 하지 마라" 할 것이라며 웃었다.

판화가 이철수를 만나기 전에는 작품을 통해 세상과 만나고 자기를 드러내는 예술가이니 늘 '어떤 그림을, 어떻게 담아낼 것인가에 온 신경이 쏠려 있지 않을까' 생각했다. 그런데 정작 그가 몰두해 있는 것은 작품이 아니라 스스로의 마음이었다.

무위당이 그림과 글씨에 마음을 담아 세상에 나눈 것처럼, 이철수의 판화 역시 마음을 드러내는 방편이지 그것 자체가 목적이 아니라고 말하는 것 같았다. 젊은 시절 왜 판화를 선택했냐는 질문에도 "데모하기 좋은 것"이어서라고 우스갯소리처럼 대답하던 그였다.

스승은 예술가의 마음자리뿐 아니라 삶의 방편에 대해서도 일찍이 길을 제시해주었다. 이철수와 아내 이여경이 박달재 아래 터를 잡고 살게 된 것도 무위당의 권유 때문이었는데, '농사를 지으면 밥은 굶지 않는다'며 '논을 사라'고 했다. 두 사람은 젊은 시절 서울 성북구 하월곡동 허병섭 목사의 동월교회에서 빈민운동을 하며 처음 만났다. 이철수가 달동네에 벽화를 그리러 갔을 때 이여경은 빈민가의 아이들을 돌보는 선생님들을 가르치고 있었다. 천상 배고프게 살 것 같은 부부에게 무위당은 나름 살 길을 처방해 준 것이었다.

"선생님께서 이 사람에게는 난초가 환하게 핀 걸 그려주시면서 유곡천향이라 써주셨어요. 깊은 골짜기에서도 제 향기가 그윽하게 퍼져간다는 뜻이죠. 남자 옆에서 고생하는 여자들은 다 그런 난초와 같다는 의미로 주신 거예요."

그는 아내에 대한 고마운 마음도 '선생님 말씀'으로 대신했다.

이철수는 스스로 농부라 말하기 송구스럽다고 했지만, 이천 평 전답에 꽤 실한 농사를 짓고 있었다. 우렁이 농법으로 짓는 벼농사부

사진: 노용헌

작업실 벽에는 장일순 선생의 웃는 얼굴을 담은 스케치가 잘 보이는 곳에 있었다. 보고 있으면 누구나 저절로 입가에 미소를 짓게 되는 모습이다. "3년째 선생님 얼굴을 그리려고 매일 쳐다보며 고민만 하고 있는데 뜻대로 되질 않아요." 그는 '선생님'의 얼굴을 제대로 그리려면 머리부터 가슴까지 스승을 닮아야만 한다고 느끼는 모양이다. 결코 쉬운 일이 아니라는 것을 갈수록 통감하고 있는 듯했다.

터 밥상 위에 오르는 갖은 푸성귀와 콩, 고추, 깨, 야콘과 마까지 자급 자족하고 있었는데, 남는 것을 주위에 넉넉하게 나눌 정도라고 했다. 유기농 벼농사는 우리나라에서 손에 꼽힐 정도로 빨리 시작한 편이 라는데, 아내가 제초제를 치지 않은 논에서 피를 뽑다가 쓰러지고 난 뒤에 오직 살려고 배운 기술이었다고. 지금은 일 년에 16가마 정도 유기농 쌀을 생산해내고 있다. 그런데 농사일에서도 자신의 역할은 아내에게 못 미친다고 했다.

땅에 엎드리면 밥은 굶지 않을 거라는 무위당의 말은 사실이었다. 아니 육신의 굶주림뿐만 아니라 그의 작품을 한 차원 높은 경지로 끌 어올려 정신의 허기도 그득하게 채워준 자산이 되었다. 박달재 아래 깊은 골짜기 논두렁과 밭고랑 구석구석에서 호미 한 자루를 손에 쥐 고서 온몸으로 땅위에 쓰고 그린 부부의 이야기가 판화로 널리 퍼져 나갔기 때문이다. 목판 위에서 이철수의 조각칼이 하는 일과 들판에 서 아내의 호미가 하는 일이 크게 다르지 않아보였다.

그는 인터넷에 둥지를 튼 '이철수의 집'에서 2002년 10월부터 거 의 매일 '나뭇잎편지'라는 이름으로 글과 그림을 띄우고 있었다. 그 런데 정작 아내에게는 변변한 연애편지나, 그림 한 번 제대로 그려준 적이 없다고 했다. 하지만 그가 세상에 띄우는 나뭇잎편지를 제일 먼저 읽는 사람은 언제나 아내였다. 또 편지에 쓰는 이야기의 많은 것들이 아내의 호미 끝에서 나왔다. 그것이 곧 박달재에서 나뭇잎편 지로 실어 나르는 '유곡천향'이 아닐까.

그의 집에 있는 동안 결혼 20주년을 맞아 아내를 위해 팠다는 '길이 멀지요'라는 작품을 오래 들여다보았다. 판화 속에는 꽃처럼, 눈송이처럼 이파리가 흩날리는 큰 나무 그늘 아래로 걸어가는 두 사람이 이야기를 나누고 있었다.

"길이 멀지요?"

"괜찮은데요 뭐……"

그림의 배경이 된 흰빛은 그가 정성껏 나무를 파낸 목판의 그늘에서 생겨난 커다란 여백이었다. 새삼 판화는 그늘에서 빛을 만드는 작업이구나, 비로소 고개를 끄덕이게 되었다. 외로움의 그늘도 세상과 나누면 이렇게 환해지는구나 싶었다. 두 사람 모두 삶의 그늘을 손 맞잡고서 함께 헤쳐왔기에, 길이 멀고 험해도 참 괜찮아 보였다.

뒷이야기

지난 2011년 6월, 첫 개인전을 열었던 관훈미술관에서 이철수의 목판화 30년을 기념하는 전시회가 다시 열렸다. '새는 좌우의 날개가 아니라 온몸으로 난다'는 의미심장한 주제를 내걸었던 전시에는 1981년부터 2005년까지 격변의 시대를 대표하던 '민중판화가' 시절의 작품 58점과 이후부터 현재까지 새롭게 선보인 55점의 판화들이 시간 순으로 펼쳐졌다. 그의 30년 마음공부의 흐름을 들여다보는 자리였는데, 이철수가 새기고 찍어낸 판화에는 작품을 바라보는 우리들의 모습이 그대로 보였다. 그의 판화가 우리 내면을 비추는 거울과 다르지 않았기 때문이다. 그것이 많은 사람들이 그의 '나뭇잎편지'를 기다리는 이유가 아닐까.

"땀 없이 먹고 사는 삶은 빌어먹는 것만도 못하다. 호미 끝에 화두를 싣고 밭에서 살아라. 일은 존재의 숙명이지. 거기서 생명의 들고 나는 문을 발견하지 못하면 헛사는 일이다. 호미 놓지 말아라."

이철수의 2011년 작품 '백장법문'에 쓰인 글인데, 호미를 들고 쭈그려 앉은 붉은 사람 옆에 새겨져 있다. 그림은 단순해서 강렬하다. '하루 일하지 않으면 하루 먹지 않는다'는 규율을 실천했던 당나라 백장회해 선사의 가르침을 판각한 작품이라는데, 우리 집은 결혼기념일 선물로 그것을 골랐다. 재미있는 것은 '백장법문'을 거실에 걸어두고 오랫동안 마주 했는데 붉은 색으로 찍힌 사람이 이제 달리 보인다는 사실이다. 그림을 처음 본 순간 먼저 마음에 들어 한 것이 남편이어서 그랬는지, 나는 늘 남자라고만 생각했다. 그런데 쭈그려 앉은 뒤태가 영락없이 여인의 품새다. 그림과 한집에 산 지 3년이 지나서야 그 속에서 내가 보인 것일까. 이제야 법문에 귀가 열리는 것일까. 이철수의 그림이 거울로 보이는 순간이었다.

어른

닮고 싶은 삶 듣고 싶은 이야기

김선미 지음

초판1쇄 발행 2015년 2월 7일

펴낸이 김영조
펴낸곳 달팽이출판
등록 2002년 2월 28일 제 22-2112호
주소 경기도 파주시 탄현면 사슴벌레로 45번지 206-205

전화 031-973-4409
팩스 031-946-8005
이메일 ecohills@hanmail.net

ISBN 978-89-90706-37-9 03810
책값은 뒤표지에 있습니다.

달팽이출판에서 나온 책

산티아고
거룩한 바보들의 길

리 호이나키의 산티아고 순례기

리 호이나키 지음 / 김병순 옮김

당신의 순례가 내면을 밝히는 빛으로 충만하기를!

이 책은 지은이 리 호이나키가 65세 되던 해에 프랑스 남부의 국경 마을인 생장피드포르에서 피레네 산맥을 넘어 스페인 북부를 횡단하여, 중세 이후로 많은 사람들이 성 야고보의 무덤이 있다고 믿는 산티아고까지 800킬로미터에 이르는 카미노를 32일에 걸쳐 홀로 걸으면서 하루하루 느낌과 사색을 기록한 감동적인 자기성찰의 이야기다. 그의 사색은 종교적 감수성에 대한 역사적 고찰에서 현대 건축과 기술 발전에 대한 비판, 그리고 공간에 대한 신학적 이해에 이르기까지 그의 시각은 지금까지 어떤 산티아고 순례기에서도 볼 수 없었던 시간을 뛰어넘는 영적 통찰력을 보여준다.

……

무려 550쪽이나 되는 리 호이나키의 순례일기를 읽고 내 마음을 가득 채운 것은 다름 아닌 로사리오 기도였다. 매일 주어진 길을 따라 걷고 자고를 반복하는 단순한 여정에 무슨 할 얘기가 그리 많은가 하겠지만 그 안에는 1000년된 순례길에 얽힌 그리스도교와 스페인의 역사, 길 주변의 풍광, 리호이나키 특유의 문명비판이 날실과 씨줄처럼 엮어져 있다. - 황대권

......

좋은 삶이란 무엇일까? 어떻게 하면 그렇게 사는 걸까? 이제 나 자신에게 묻지 않을 수 없다

......

길을 걷다 인간의 손길이 닿아 환경이 파괴되고 지형이 변한 곳들을 보고 이를 비판하는 정도는 사람에 따라 다를 수 있다. 이곳에서 땅을 밟으며 보낸 며칠 사이에 내면에 숨어있던 타고난 비판 본능이 꿈틀거림을 느끼기 시작한다. 인간들은 어떤 때는 경외와 존경하는 마음을 가지고 자연을 대하지만 어떤 때는 혐오스러울 정도로 생각 없이 자연을 파괴한다.

......

어둠 속에서 또 다른 빛을 본다. 이런 순간이 올 때마다 그것은 인생을 더욱 소중하고 의미 있게 만든다. 카미노라는 특정한 공간 속으로 더 깊숙이 들어가면 갈수록 그곳에 대한 깨달음의 울림은 더욱 커진다. 삶의 진실에 대해 더 많이 알게 되는 것이다 - 본문 중에서